HAYMON verlag

Ludwig Laher

Verfahren

Roman

Auf Seite 175 findet sich ein Abkürzungsverzeichnis.

Auflage:
7   6   5   4   3   2
2017   2016   2015   2014   2013   2012   2011

© 2011
HAYMON verlag
Innsbruck-Wien
www.haymonverlag.at

ISBN 978-3-85218-680-1

Umschlag- und Buchgestaltung, Satz:
hœretzeder grafische gestaltung, Scheffau/Tirol
Coverfoto: Haymon Verlag / Rebecca Dörner

Gedruckt auf umweltfreundlichem,
chlor- und säurefrei gebleichtem Papier.

Und dabei entschlüpfte ihm eine private Erklärung,
die bei ungenügendem Einblick in den Sachverhalt hätte
so aufgefaßt werden können, als ob sie dem dienstlichen
Berichte, der gesetzmäßig und daher zum Nutzen des
Häftlings war, Abbruch in seiner Wirkung tun wollte,
nämlich die, daß Zwetschkenbaum auch nur ein
armer Hund sei.
Albert Drach: Das große Protokoll
gegen Zwetschkenbaum (1939)

Man betrachte nur die Form der Gerechtigkeit,
welche über uns waltet. Ist sie nicht ein klarer Beweis
von der menschlichen Verstandesschwäche? So viel
Widerspruch und Irrtümer findet man darin!
Nun erhalten sich aber die Gesetze in Ansehen, nicht
weil sie gerecht sind, sondern weil sie Gesetze sind.
Michel de Montaigne: Essais (1588)

Für M., H. und die anderen

Zugriff

Wir sind friedlich, was seid ihr? skandieren zwanzig bis dreißig vorwiegend junge Leute, als die Polizisten Ernst machen und damit beginnen, die Gruppe mit Vehemenz zurückzudrängen. Das läuft vorerst im großen und ganzen routiniert ab, wenn sich auch die eine Beamtenhand am Hals eines Demonstranten, der andere Beamtenmund im Ton vergreift: Verschwindet, ihr Ratten! hieße der Ratschlag hochdeutsch. Von allen Seiten strömen jetzt neue Einsatzkräfte auf den kleinen Platz.

Und so hat alles angefangen: Von langer Hand geplant war gar nichts, vielmehr verbreitete sich nach dem Schneeballsystem via SMS, E-Mail und Telefon die Botschaft, die Innenministerin werde zu einem Vortrag über Grundzüge ihrer Asylpolitik erwartet. Erst kürzlich in Kraft getretene Verschärfungen des Fremdenrechts, von den Aktivisten beharrlich Fremdenunrecht genannt, hatten die forsche Dame beliebt und unbeliebt gemacht, die Geister schieden sich. Um eine Kundgebung ordnungsgemäß anzumelden, war es zu spät, gegen großes Unrecht ein kleines zu setzen, wollten die ungebeten Erschienenen gerne in Kauf nehmen.

Anfangs war die Stimmung ausgesprochen gut, wenngleich nur auf Seiten der Protestierenden, die es, bei aller Ernsthaftigkeit ihres Anliegens, als lustvoll erlebten, daß ihnen die Überraschung gelungen war. Die dem Veranstaltungslokal zustrebten, weil sie den Vortrag hören wollten, fühlten sich dagegen gröblich belästigt, provoziert, einige gar bedroht. Buhrufe, Parolen und Pfeifkonzerte schienen ihnen zuzusetzen. Verbale Unfreundlichkeiten wurden ausgetauscht. Auch Selbstjustiz schien manchem auf den ersten Blick seriösen Besucher ein probates Mittel. So hielt ein Mann mittleren Alters im dunklen Anzug plötzlich das improvisierte Pappschild eines Gegners in Händen und unterzog sich sogar der Mühe, es unter erheblicher Kraftanstrengung in zwei Teile zu reißen.

Der handgeschriebene Text auf einem dieser Kartons schlug vor, die Innenministerin aus dem Land zu vertreiben, nicht die Asylsuchenden, auf einem anderen war ihr Name statt dem Hitlers in den nach ihm benannten Gruß gefügt. Ein entrolltes Transparent machte geltend, die Ministerin sei eine für Lager und Deportation.

Der Vortrag begann mit ziemlicher Verspätung, aber er begann, denn der Zweck der Protestes bestand darin, einen Unmut öffentlich kundzutun, und nicht darin, die Veranstaltung zu sprengen. Ungefähr zu diesem Zeitpunkt trafen endlich die ersten Polizisten ein. Die Demonstrantinnen und Demonstranten zogen sich langsam zurück, die Exekutivkräfte schubsten, drängten nach, vergriffen sich. Wir sind friedlich, was seid ihr? hallte es ihnen entgegen.

Und jetzt knallt es laut. Beim Brunnen hat offenbar jemand zwei Schweizerkracher gezündet. Dann geht es ganz schnell. Die meisten der Abziehenden werden durch einen Polizeikordon von jenen paar Nachzüglern getrennt, unter denen man den Übeltäter vermutet. Zugriff! heißt es, und viele stürzen sich auf wenige. Von denen hört man zwar ängstliche, doch ziemlich laute Rufe, sie würden friedlich bleiben und keinen Widerstand leisten. Einer wird später behaupten, auf seine wiederholte Frage, warum sie ihn festnehmen und ihm Handschellen anlegen würden, er habe doch überhaupt nichts getan, hätte ihm ein aufgebrachter Polizist schließlich umgangssprachlich die Erklärung angeboten, weil er ein Arschloch sei.

Lediglich zur Aufnahme persönlicher Daten, gibt ein ausnehmend disziplinierter Beamter einer sehr jungen Frau, die von den Kundgebungsteilnehmern außerhalb des Kordons abgeordnet wird nachzufragen, einen anderen, freilich ebenso wenig befriedigenden Grund für die Festnahmen an. Die Ausweiskontrolle wird nämlich bald auf alle bei der

Demonstration Anwesenden ausgedehnt. Arretiert werden sie nicht. Soll an den beiden Abgeführten ein Exempel statuiert werden?

Schwere Körperverletzung und versuchter Widerstand gegen die Staatsgewalt werden dem Brüderpaar schließlich zur Last gelegt. Nach sechsundvierzig Stunden Untersuchungshaft steht ihm ein Prozeß bevor.

Weibliches Organ

Dem AW wird folgendes zur Kenntnis gebracht: „Wegen des Auftretens von Vogelgrippe-Fällen bei Wassergeflügel und der Gefahr der Übertragung auf Menschen wird von jeglicher Kontaktnahme (Aufenthalt in unmittelbarer Nähe, Berühren, Essen roher Geflügelprodukte) zu lebenden oder toten Wildvögeln, deren Produkten oder Ausscheidungen dringend abgeraten." Der AW ist ein zweckmäßig abgekürzter Asylwerber. Der AW wird von Obigem im Frühherbst 2006 im Rahmen der niederschriftlichen Einvernahme zunächst mündlich in Kenntnis gesetzt, noch ehe ein von der erkennenden Behörde, dem Bundesasylamt, bestellter und beeideter Dolmetscher der Sprache Serbisch die erste Frage des Organwalters zum Antrag übersetzt.

Unmittelbar nach illegaler Einreise über die grüne Grenze war der unbescholtene AW, ohne Widerstand zu leisten, von Wehrpflichtigen im Assistenzeinsatz aufgegriffen worden. Im Anschluß an die Überstellung und eine kurze Erstbefragung war über ihn exakt um dreiundzwanzig Uhr offiziell die Schubhaft im Polizeianhaltezentrum verhängt worden, aus der er vorhin, inzwischen wegen Platzmangels in eine andere, weit entfernte Stadt verfrachtet und seit bald zehn Tagen im Hungerstreik, vorgeführt wurde.

Der Organwalter ist auch im wirklichen Leben Mann, nicht nur im Sprachgebrauch der Behörde. Der Dolmetscher und der AW sind im wirklichen Leben Frauen, bleiben aber im Text der niederschriftlichen Einvernahme durchgehend männliche Wesen. Nur wenn der AW, selten genug, als ASt. erwähnt wird, scheint sein Frausein durch: *Die von der ASt. gemachten Angaben werden zum Inhalt dieses Bescheides erhoben.* Der AW ist nämlich auch Antragstellerin.

Die ASt. hat durchaus einen Vor- und einen Zunamen. Auf diese, durch vorgewiesene, als echt erkannte amtliche

Dokumente des Herkunftslandes zweifelsfrei bestätigt, wird, den Gepflogenheiten entsprechend, in der Niederschrift der Einvernahme verzichtet.

Der Organwalter, später auch das einvernehmende Organ, nie aber, ganz im Gegensatz zum AW, ein gewöhnlicher OW, auch wenn diese allgemein nachvollziehbare Abkürzung, stellt man sein häufiges Vorkommen im Protokoll in Rechnung, fraglos eine ebenso erhebliche Verwaltungsvereinfachung bedeuten würde, der Organwalter also läßt nun durch den Dolmetscher erkunden, ob der AW die unmittelbar vorausgegangenen Ausführungen zur Vogelgrippe sowie die ebenfalls bereits erteilten Belehrungen zum Verfahren verstanden habe.

Der AW bejaht dies, obwohl er seine durch die Folgen des Hungerstreiks und schwere Medikamente ohnehin ziemlich beeinträchtigte Konzentration fast völlig verloren hätte, als ihm in bestürzend fehlerhaftem Serbisch von jeglicher Kontaktnahme mit lebendem wie totem Wassergeflügel so dringend wie umständlich abgeraten wurde. Von Enten, Gänsen und Bläßhühnern, lebend oder tot, wie von deren Ausscheidungen fühlt er sich nämlich nicht wirklich akut bedroht, wohl aber von fast allem anderen, momentan vordringlich von den Umständen dieser Einvernahme. Von Anfang an kommt er, der Schubhäftling, sich streng verhört vor, nicht etwa um nötige Auskünfte gebeten. Lästiger Arbeitsanfall für die Leute im Zimmer scheint er zu sein, mehr nicht. Er kennt das.

Dem zierlich gebauten AW, ganz auf sich allein gestellt, denn einen Rechtsbeistand hat er nicht, geht es sehr schlecht. Er zittert am ganzen Körper, er zittert innerlich, die Schwäche, der Kreislauf, die Ungewißheit, die Angst, das Ausgesetztsein, schon wieder. Alle gegen einen, auch hier, so hat er es sich wahrlich nicht vorgestellt. Seine Antworten kommen zögerlich, mehrmals muß er, was die Stimmung des einvernehmenden Organs nicht hebt, ermahnt werden, lauter und deutlicher zu sprechen. Sein Blick bleibt gesenkt, er kauert mehr auf seinem Stuhl als daß er sitzt, die gefalteten Hände zwischen den zusammengepreßten Oberschenkeln vergraben.

Der AW verneint, irgendwelche Erkrankungen zu haben. Denn er denkt bei dieser scheinbar beiläufig gestellten Frage sofort an die Tuberkulose und den Krebs der Mutter, die unmittelbar nach dem folgenschweren Brandanschlag auf die Familie regelrecht verfiel und bald darauf starb, vielleicht auch an die kurz vorher erwähnte Vogelgrippe, an Masern oder AIDS. An seine langen Aufenthalte in der geschlossenen Psychiatrie dort, wo er herkommt, an den der zweiten Einlieferung vorangegangenen, dramatisch miß-lungenen Versuch, mit einem Glas WC-Reinigungsmittel endgültig Schluß zu machen, an das tägliche Schweißbad in den überwiegend schlaflosen Nächten voller Alpträume, an das stundenlange Vor-sich-hin-Heulen, die lähmende Kraft-losigkeit, die elende Leere beim An-die-Decke-Starren denkt er dabei nicht. Für den AW sind das alles keine Erkrankungen, sondern logische, keineswegs abnorme Befunde seines Kör-pers, seiner Psyche als Antwort auf die Zumutungen der Ereignisse. Daß er damit in die gut getarnte Falle gegangen ist und, ohne es wissen zu können, die Weichen in ein neues Unglück gestellt hat, wird ihm erst viel später dämmern.

Dazu aufgefordert, legt der AW nun verschiedene, dem Asylbegehren nur eingeschränkt dienliche Schriftstücke vor, die sämtlich aus der Zeit nach der Feuersbrunst stammen, darunter den offiziellen Bericht der internationalen Über-gangsverwaltung UNMIK über das niedergebrannte Eltern-haus und die bis zur Unkenntlichkeit verkohlten Geschwister, eine zwischenzeitliche Entlassungsbestätigung der Mutter aus dem Krankenhaus, sein Maturazeugnis.

Das mutmaßlich von Albanern angezündete Haus war das Haus des AW, das der Familie seit Generationen, schon die Urgroßeltern hatten darin gewohnt. Der Organwalter begehrt nun schriftliche Nachweise, daß jenes in Rede stehende Gebäude tatsächlich schon so lange Zeit im Besitz der Familie gewesen sei. Der AW hat keine, das Anliegen irritiert ihn sichtlich, denn mit dem Haus und den Geschwistern sind natürlich auch alle Dokumente verbrannt. Und überhaupt: Er vermag darin keinen nachvollziehbaren Zusammenhang mit seinem Antrag auf internationalen Schutz, auf Asyl zu sehen, mit seinem letzten halbherzigen Versuch, ins Leben zurückzufinden, noch einmal anzufangen an einem Ort, an dem nichts an früher erinnern sollte außer das eigene Gehirn.

Der diensthabende Organwalter hütet sich wohlweislich, die Lage des Menschen vor ihm begreifen zu wollen, sich auf ihn persönlich auch nur im mindesten einzulassen. Zu einem wirklichen Gespräch, zu vertiefenden Erörterungen kommt es im Rahmen der Einvernahme an keiner Stelle, derlei ist nicht vorgesehen.

Selbst wenn der AW seinen Kopf nicht fortwährend gebeugt hielte, weswegen dem einvernehmenden Organ vornehmlich der mittige blasse Scheitelstreifen seiner Kopfhaut zwischen dem vollen, hinten zu einem Pferdeschwanz gebundenen kohlrabenschwarzen Haar ins Auge fiele, der Organwalter hat seinerseits, wiewohl aus anderen Gründen, keinerlei Bedürfnis, dem AW ins Gesicht zu schauen, er schafft Entscheidungsgrundlagen, arbeitet routiniert seine Fragenliste ab, will, muß möglichst wenig Zeit dafür aufwenden, denn die personelle Ausstattung der Behörde ist angespannt. Seine Miene gäbe dem AW, getraute der sich aufzuschauen, keinerlei Aufschluß darüber, was für Folgen es haben könnte, ohne beglaubigte schriftliche Unterlagen über den vollständigen Besitzerstammbaum eines niedergebrannten Hauses vor ihm zu sitzen.

Abrupter Themenwechsel: Der noch lebende Bruder, was los sei mit ihm, will das einvernehmende Organ jetzt plötzlich wissen. *Der müßte mehr Angst haben vor den Albanern*, befindet es wörtlich.

Der AW, fast wäre es gelungen, vergessen zu machen, daß er eine Frau ist, noch dazu eine, wie der Organwalter von Anfang an genau weiß, von jungen albanischen Männern entführte, tagelang zwangsweise festgehaltene und mehrfach vergewaltigte, der AW also ist schon wieder grob irritiert, fragt sich kurz und vergeblich, wieso ihr Bruder, sein Bruder, der aus den Augen verlorene Bruder eigentlich noch mehr Angst haben sollte vor den Albanern als sie, er. Aber sich selbst fragen ist ebenfalls nicht vorgesehen, das einvernehmende Organ wartet längst auf eine Antwort, während es zum Zeichen seiner wachsenden Ungeduld einhändig mit einem giftig grünen Stift spielt, seine beiden Enden abwechselnd und gut hörbar mit einiger Fingerfertigkeit gegen die Schreibtischplatte rammt.

So ein routinierter Organwalter darf sich eindeutig Wertungen selbstverständlich jederzeit erlauben, die geeignet sind, das dem AW zugefügte Leid zu relativieren und ihn aus dem Konzept zu bringen, wenn er denn ein solches hat. Mehr noch: Sie gehören, pfeifen die Spatzen von den Dächern, zum erprobten Repertoire, denn dem einvernehmenden Organ, im Polizeidienst großgeworden, fehlt es zwar an einer speziellen Ausbildung im Umgang mit schwer Traumatisierten, dafür aber steht ihm ein klares Ziel vor Augen, die politischen Vorgaben sind eindeutig. Ein verunsicherter AW ist da schon die halbe Miete.

Was soll ich sagen? fragt der AW endlich ziemlich rhetorisch und sehr leise auf serbisch zurück. Was soll ich sagen? fragt daraufhin der Dolmetscher weniger rhetorisch und in durchschnittlicher Lautstärke auf deutsch. Aber Gegenfragen eines AW sind ebenfalls nicht vorgesehen. Der Beamte ignoriert also den schüchternen Einwurf und fährt ungerührt ganz woanders fort: Warum er, der nach dem geltend gemachten Brandanschlag vor nunmehr ungefähr fünfeinhalb Jahren doch ohnehin bei Nachbarn untergekommen wäre, ausgerechnet jetzt ausgereist, also bei uns eingereist sei?

Der AW verweist auf die ständige Bedrohung durch feindselige Albaner, vor zwei Jahren während der großen Unruhen hätten sie direkt vor dem Nachbarhaus, also vor seiner neuen Wohnstätte, sogar eine Handgranate gezündet. *Die Frage war, warum mussten sie jetzt ausreisen?* steht an dieser Stelle streng in der Niederschrift. Der AW wird in der schriftlichen Aufnahme der Befragung übrigens durchgehend ohne den zwingend nötigen Großbuchstaben angeredet: *Wo sind sie geboren? Was ist mit ihrem Bruder?* Die geltenden Regeln der deutschen Rechtschreibung, verbindlich für alle Behörden des Staates, in dessen Namen das einvernehmende Organ waltet, finden bei dieser Behörde anscheinend keine durchgehende Anwendung, ebenso wenig wie zahlreiche andere Regeln der deutschen Sprache, wenn protokollierte Sätze reihenweise in sich zusammenbrechen, vornehmlich solche aus dem Mund des AW.

Jetzt die letzte Zeit sagen, dass wenn der Kosovo unabhängig wird, wir haben dort nicht zu suchen, soll die zweite Antwort auf die eben doppelt gestellte Frage gewesen sein und *Auch die letzte Zeit habe ich Drohung gehabt* die Einleitung zur ersten. Der AW, immerhin erfolgreicher weiblicher Absolvent einer höheren Schule, gibt hingegen in Wirklichkeit, freilich in serbischer Sprache, korrekt und schlüssig Auskunft, wenn auch stockend und im Flüsterton. Deutsch kann er zu diesem Zeitpunkt kein Wort. Äußert also der Dolmetscher derart verunglückte Sätze? Entsprechen sie gar dem Verschriftlichungsniveau des Amtes? Sie werden jedenfalls in der zitierten Ungestalt Teil der Spruchbegründung der erkennenden Behörde und somit zum Inhalt des Bescheides erhoben.

Der beeidete Dolmetscher der Sprache Serbisch muß beim AW, den er nicht immer gleich versteht, wiederholt nachfragen, teils weil dieser sich, wie erwähnt, nur sehr verhalten äußert, teils weil das Serbisch des übersetzenden Kosovo-Albaners weiblichen Geschlechtes, wie ebenfalls bereits angedeutet, mangelhaft ist. In Flußnähe sei das niedergebrannte Haus gestanden, äußert der AW. Im Wasser? fragt der Dolmetscher serbisch zurück.

Der Dolmetscher, von materiellen Sorgen geplagt, mag solche undeutlich murmelnden AWs überhaupt nicht. Mit der Tatsache, daß der vor ihm Serbe ist, hat das weniger zu tun als mit jener, daß es dem Organwalter obliegt zu entscheiden, ob er weiter mit ihm zusammenarbeiten oder eine andere Person als Übersetzer beschäftigen will. Beim AW nachfragen, das sehen die einvernehmenden Organe gar nicht gerne, derlei kostet Zeit, macht die Dinge oft unnötig komplizierter und läßt vor allem auf mangelnde Kompetenz schließen, was hier ja auch zutrifft. Es kommt deshalb schon einmal vor, daß der Dolmetscher sich lieber zusammenreimt, was der AW gesagt haben könnte, als sich eine weitere Blöße zu geben.

Der AW hat seit dem Aufstehen nach durchwachter Nacht heftige Kopfschmerzen, die werden angesichts der Umstände von Minute zu Minute stärker. Er hält die Serben beileibe nicht für die besseren Menschen und weiß natürlich genau um die zynische Unterdrückung der Mehrheit im Kosovo in jenen Jahren des untergegangenen Jugoslawien, die der großen Barbarei vorangingen. Nein, er haßt die Albaner nicht kollektiv, nur einzelne Menschen. Aber er will, er muß nach allem, was vorgefallen ist, möglichst weit weg von ihnen sein.

Die Konstellation in diesem Büro ist deshalb außerordentlich belastend. Den AW befallen erhebliche Zweifel, daß der albanische Dolmetscher weiblichen Geschlechts halbwegs korrekt wiedergeben wird, was er aussagt. Der lückenhaften Sprachbeherrschung wegen, vor allem jedoch, man mag es drehen und wenden, wie man will, weil es nun einmal Albaner waren, die das Haus angezündet, die Geschwister umgebracht, die Mutter gebrochen, ihn bedroht, geschlagen, entführt und vergewaltigt haben.

Die Versuchsanordnung sieht aber keinen Raum vor, solche Bedenken ins Treffen zu führen. Dem AW wird immerhin ein Glas Wasser zugestanden, er nimmt eine Kopfwehtablette ein.

Frage: Was ist ihnen persönlich passiert?

Antwort: Im Jahr 2004 ich von den Albanern vergewaltigt.

Anmerkung: AW wird aufmerksam gemacht, daß auf Verlangen ein weibliches Organ die Einvernahme fortführt.

Das angesichts zwingend nötiger behördlicher Erörterungen eines allfällig ungebührlichen Umgangs mit dem Intimbereich eines Frauenkörpers pflichtgemäß angebotene weibliche Organ muß jedoch nicht beigezogen werden: *AW gibt an, dass das einvernehmende Organ die Einvernahme weiterführen kann.*

Der AW hat nur unzulänglich verstanden, worum es in Sachen weibliches Organ jenseits der Schilderung seiner Vergewaltigung gehen könnte, er ist verwirrt, der Jargon ist ihm völlig fremd. Doch würde er sich in jedem Fall hüten, irgendetwas zu verlangen, um den Beamten, von dem alles abzuhängen scheint, nicht zu verärgern.

Es ist ihm, um die Wahrheit zu sagen, ohnehin egal. Der AW spürt keinerlei Scham – kann Scham ausrinnen? fragt er sich seit Monaten –, als er nach mehrmaliger Aufforderung den sogenannten Vorfall aus dem April vor zwei Jahren schildert. Aber weh tut es unendlich. Und quälend langsam nur findet er Worte.

Jemand hat mich im Auto mitgenommen, so leitet das Vernehmungsprotokoll die Szene ein, aber schon die nächsten Sätze dementieren den harmlosen Inhalt des ersten, vom AW so nie formulierten: Er sei von vier Albanern in ein Auto gezerrt, beschimpft und geschlagen worden. In einem alten Haus seien ihm, der jungen Frau, dann nach einer langen Irrfahrt am nächsten Tag die Kleider vom Leib gerissen worden. Als Serbin gehöre der spätere AW sowieso vergewaltigt, hätten die Täter gemeint. Vier Tage habe das

Martyrium gedauert. Inzwischen sei sein Verschwinden angezeigt worden, die Polizei habe ihn schließlich gefunden und ins Krankenhaus gebracht.

Auf die Frage, ob es medizinische Unterlagen zum Vorfall gebe, meint der AW, solche habe er nicht, die lägen bei den Polizeikräften der Vereinten Nationen, der Dolmetscher aber übersetzt schlicht: *Nein.* Erst der Rechtsbeistand, den der AW jetzt noch nicht hat, wird viel später im Rahmen der Berufung gegen die Versagung des Asyls eine beglaubigte Übersetzung jenes behördlichen Dokumentes aus seiner Heimatstadt vorlegen, in dem es heißt: *Dies zeigen auch die ärztlichen Befunde, daß die Angaben richtig sind, daß Jelena Savicevic durch einen albanischen volljährigen jungen Mann vergewaltigt wurde. Sie wurde auch schwer verletzt, was auch die ärztlichen Befunde zeigen. Wir nahmen die Erklärung der Geschädigten auf, solange sie noch in verschrecktem Zustand war.*

Jelena befindet sich auch jetzt, da sie für die vernehmende Behörde, dem Usus entsprechend, bloß ein mehr oder weniger anonymer AW ist, immer noch in dem gleichen verschreckten Zustand, obwohl mittlerweile gut zwei Jahre verstrichen sind.

Sie habe den Vorfall der UNMIK-Polizei im Kosovo gemeldet, die vier Entführer seien daraufhin auch tatsächlich festgenommen worden. Massive Drohungen, wahrscheinlich aus der Umgebung eines der Täter, den sie als einzigen namentlich kannte, ließen die panische Jelena schließlich ihre Anzeige zurückziehen. So kamen die jungen Männer schnell wieder auf freien Fuß.

Der AW fügt auf Befragen noch weitere Belege für seine persönliche Bedrohungslage an, die ihre wahre Ursache in den ungelösten Konflikten zwischen Albanern und Serben hätte. Wo er herkomme, lebten fast nur Albaner, die KPS, die kosovarische Polizei, sei leider parteilich und unternehme gegen Übergriffe auf Serben kaum etwas.

Jelena geht die Kraft aus. Mitinhaftierte Frauen, darunter Kriminelle, rieten ihr, in den Hungerstreik zu treten, um aus der Schubhaft entlassen zu werden oder das Verfahren wenigstens zu beschleunigen. Seit mehr als einer Woche hat sie jetzt nur Wasser zu sich genommen. Ihre ohnehin knappen Antworten werden noch kürzer.

Vor fünf Monaten erst sei sie erneut tätlich angegriffen worden. Nein, sie habe aus Angst keine Anzeige erstattet. Ein Serbe sei vor ein paar Wochen in ihrer Heimatstadt auf der Brücke von einem Albaner niedergestochen, ein italienisches Café-Restaurant, betrieben von einem Serben, durch Handgranaten zerstört worden.

Frage: Heißt das, daß die Serben im täglichen Leben benachteiligt werden?

Antwort: Ja.

Frage: Sie konnten aber trotzdem die Schule abschließen?

Antwort: Das habe ich geschafft.

So schlimm kann es dann doch wohl nicht sein dort, ist die dieser Scheinfrage unterlegte unmißverständliche Botschaft, denn der Organwalter weiß natürlich von vornherein, er hat es mit einer Maturantin zu tun.

Dem AW fallen noch viele weitere Beispiele ein, die er jetzt berichten könnte, um zu illustrieren, wie aufgeladen das Klima im Kosovo ist, wie häufig es besonders in geschlossenen albanischen Siedlungsgebieten zu Übergriffen auf serbische Kulturgüter und vereinzelt dort lebende Serben kommt, wie konsequent die lange Zeit selbst unterdrückte albanische Seite den Spieß umgedreht hat, obwohl auch serbische Nationalisten nach wie vor Unruhe stiften.

Der AW berichtet dem Organwalter aber nichts davon, denn der hat keine weiteren Fragen und die ASt. keine Energie mehr, der Behörde einen annähernden Begriff davon zu geben, was es hieß, trotz monatelangem Aufenthalt in der Psychiatrie und ständiger Bedrohung von Leib und Leben ein Reifezeugnis zu erwerben, um das sie verbissen kämpfte, weniger, weil sie sich davon etwas versprach, sondern vor allem, weil sie nicht ganz den Halt verlieren wollte und sich nichts anderes bot zum Anhalten.

Der erschöpfte AW bestätigt durch ein wiederholtes, automatisches Ja und später durch seine Unterschrift auf dem Protokoll, daß er sämtliche Gründe, die ihn zum Verlassen seines Heimatlandes bewogen hätten, angeführt habe, daß ihm dafür ausreichend Zeit eingeräumt worden sei und daß der Dolmetsch tadellos gearbeitet habe. Das Verfahren sei zulässig und werde vom Bundesasylamt weitergeführt, der AW selbst zu gegebener Zeit einer dafür vorgesehenen Betreuungseinrichtung zugewiesen werden. Der AW kann gehen, in seine Zelle.

Zwei Tage später um exakt vierzehn Uhr wird er aus der Schubhaft entlassen werden. Da wird er bereits vorsichtig zu essen begonnen haben, aber Magen und Darm verzeihen ihm nach so langer Untätigkeit die Gefängniskost nicht. Von Krämpfen geschüttelt und erheblich geschwächt wird er nach drei Stunden Fahrt in seiner neuen Unterkunft eintreffen, einer Flüchtlingspension im Herzen des schönen Österreich, in einer Bilderbuchlandschaft am Alpenrand.

Fremdenwesen

Es ist zehn nach zwei. Die Schreibkraft schaut beim Portier vorbei, erkundigt sich, ob er ihre Richter schon gesehen hat. Für zwei ist nämlich die Nachmittagsverhandlung angesetzt. Bei ihm sind sie jedenfalls noch nicht vorbeigekommen. Da aber alle hier durch müssen, die den Gerichtshof betreten wollen, dürften sie wohl die Mittagspause etwas ausgedehnt haben, sagt sie sich, denn Eile scheint keine geboten, weil der beschwerdeführende Asylwerber ohnehin nicht da sein wird.

Die Richter sind ihre, weil die Schreibkraft fix einem bestimmten Zweiersenat zugeteilt ist, der stets gemeinsam verhandelt, einmal unter dem Vorsitz des einen, dann wieder unter dem des anderen. In der Regel finden die beiden zu einem gemeinsamen Urteil, so gut wie immer, könnte man sogar sagen. Zwanzigtausend zu eins steht die Quote, auf zwanzigtausend Entscheidungen kommt eine einzige, auf die sich das Tandem nicht einigen kann. Nicht die zwei allein natürlich, die da draußen gerade aufgeräumt den Portier mit dem stets freundlichen Naturell grüßen, sondern alle paar Dutzend Zweiersenate zusammen. Ihre Richter, könnte die Schreibkraft bestätigen, sind sich bisher immer einig gewesen, zumindest nach eingehender Beratung.

Wer die Sicherheitsschleuse passiert hat, tritt in eine Art Aufenthalts- oder Warteraum mit zu vielen zu großen braunen Tischen und vielen blauen Stühlen und einer Ecke mit Kinderspielzeug. Direkt vor die Füße eines der beiden Richter auf ihrem gemächlichen Weg in den Verhandlungssaal fährt ein knallrotes Sportauto. Ein blondgelockter Dreijähriger traut sich nicht recht, hinzulaufen und es sich zurückzuholen. Er steckt die halbe rechte Hand in den Mund und starrt den großgewachsenen Mann im dunklen Anzug an, der sich jetzt bückt, ihm zulächelt, das Auto umdreht und mit Schwung zu dem Kleinen zurückschickt. Der freut sich sichtlich über den unerwarteten Spielkameraden, greift sich das schmucke Cabrio und nimmt gleich einen neuen Anlauf. Doch da geht eine junge Frau dazwischen, trotz der pechschwarzen Haare unter dem Kopftuch wohl die Mutter. Sie flüstert ihm mit Nachdruck etwas ins Ohr, packt ihn fest am Arm und läßt sich das Auto aushändigen. Entschuldigung! sagt sie ernst, und der Richter, der zu seinem Kollegen gerade Entzückend! gesagt hat, sagt jetzt: Nein, nein.

Die Art Aufenthalts- oder Warteraum ist eigentlich eine Art Verteilerzentrum, eine relativ kleine, von kaltem Kunstlicht erhellte Vorhalle mit niedriger Decke, von der aus man in die Verhandlungssäle gelangen kann, zu den Büros, den Stiegenhäusern, zum Lift, zur Garage, zu den Getränkeautomaten, den Toiletten. Oben in einer der Ecken hängt eine Art runder Verkehrsspiegel. Nicht für diesen Zweck gebaut, wurde das Gebäude kostengünstig adaptiert, und das sieht man ihm auch an.

Mißtrauische oder womöglich gar ängstliche Vorgeladene mit einschlägiger Vergangenheit könnten sich, kaum glücklich dem Sicherheits-Check entronnen, vielleicht am Blickfang des Raumes, einer großflächigen Milchglasscheibe mitten in der Wand hinter den vielen Tischen stoßen. Auf ihrer anderen Seite befindet sich jedoch nur der ansonsten fensterlose, düstere KGB-Verhandlungssaal. So heißt er jedenfalls im Hausjargon, weil die Richter sich in ihm Beschwerdeführern widmen müssen, die direkt vor ebendieser dominanten Milchglasscheibe Platz genommen haben, hinter der sich aber, wie gesagt, bloß die Art Aufenthaltsraum befindet, in dem die menschlichen Verhandlungsgegenstände warten, bis es so weit ist. Der KGB-Saal ist unbeliebt und dient nur als letzte Reserve, wenn alle anderen ausgebucht sind.

Die Errichtung des Asylgerichtshofes hat wegen des vielzitierten Rucksacks vorübergehend jede Menge Verhandlungssäle nötig gemacht, auch wenn ein Gutteil der Richter die Verfahren gewöhnlich ohne lästiges Verhandeln abschließt. In diesem Rucksack mußten anfangs weit über dreiundzwanzigtausend Altfälle Platz finden, die nun relativ zügig abgebaut werden, Stück für Stück, Saal für Saal.

Säle im Wortsinn sind es übrigens gar nicht, sondern vielmehr verhältnismäßig kleine Zimmer, man stelle sich leidlich geräumige Büros vor. Mehr als ein paar Zuhörer finden kaum Platz darin, aber mehr als ein paar Zuhörer sind auch ausgesprochen selten. Der Bundespräsident hat den Bundesadler mit seinen gesprengten Ketten im Blick und umgekehrt. Weiterer Wandschmuck ist überflüssig und fehlt demgemäß. Manche Verhandlungssäle sind licht und freundlich, andere weniger. Die gesamte Einrichtung ist zweckmäßig, praktisch neuwertig, denn dieser Gerichtshof waltet erst seit kurzem, als das Fremdenwesen selbst wieder einmal neu geregelt wurde.

Erhöht sitzt das Justizpersonal, Richter und Schreibkraft. Von dort läßt es sich trefflich auf die Beschwerdeführer oder die Zeugen hinunterschauen, deren Körpersprache letztlich zur Entscheidungsfindung beitragen kann. Ob die Mundwinkel zucken, ob sich die Finger ineinander verkrallen, die Beine lässig übereinandergeschlagen sind, alles kann etwas bedeuten. Den Beschwerdeführern hingegen ist samt allfälligem Rechtsbeistand nicht nur eine Totalansicht ihrer Gegenüber verwehrt, auch deren Hände bleiben ihnen verborgen, Reziprozität ist nicht vorgesehen, sie müssen sich mit einem Brustbild begnügen. Der abweisende Frontwall vor dem Richtertisch ist zu diesem Zweck über die Höhe der Schreibflächen gezogen, sodaß sich der nicht verhandlungsführende Richter des Zweiersenates also bequem zum Kreuzworträtseln oder in die bunte Welt seines Smartphones zurückziehen könnte, ohne daß dies auffallen müßte, wenn er es halbwegs geschickt anstellt.

An eine solche Örtlichkeit sind Schreibkraft und Richter jetzt entspannt unterwegs. Ihnen schließt sich der überpünktlich erschienene Anwalt des Abwesenden an. Ein-, zweimal muß die kleine Karawane kurz stehenbleiben, es gilt Zwischentüren auf- und nach dem Passieren zuverlässig wieder abzusperren, Sicherheitsvorkehrungen.

Noch hat sich zum Glück nichts wirklich Bedrohliches ereignet im Haus. Gut, einmal hat sich ein heftig erregter, mutmaßlich verzweifelter, vielleicht auch nur heißblütiger Beschwerdeführer nach dem negativen Ausgang seines Verfahrens lautstark geweigert, den Raum zu verlassen. Das war aber auch schon alles. Er werde an Ort und Stelle in einen unbefristeten Hungerstreik treten, kündigte er markig an. Die herbeigerufenen Polizeikräfte konnten ihn aber bald von der Aussichtslosigkeit seines Unterfangens überzeugen.

Und dann war da noch diese unappetitliche Geschichte, als ein Asylwerber nach dem für ihn enttäuschenden Ausgang der Verhandlung seinen Kopf mehrfach heftig gegen die Wand knallen ließ, bis ihn einer der Richter, selbst ursprünglich Exekutivbeamter, endlich am Boden fixieren konnte. Überall Blut, es sah aus wie auf einem Schlachtfeld, als Rettung und Polizei eintrafen.

Jener Saal, den die vier nun betreten, ist fraglos einer der freundlichsten. Wenn die Sonne strahlt, kann sie es in ihm durch großzügig dimensionierte Fensterfronten an zwei Seiten. Heute strahlt die Sonne. Heute hat es über dreißig Grad draußen, es ist Hochsommer. Klimaanlage und schwere Vorhänge fehlen aus Gründen der Sparsamkeit, die Luft im Saal steht, unerträglich schwül ist es. Die Fenster müssen freilich geschlossen bleiben, denn ein paar Stockwerke tiefer gibt eine breite Hauptausfallstraße keine Ruhe. Alle von der Bedeutung her vergleichbaren Gerichtshöfe haben ihren Sitz im noblen Zentrum Wiens, einzig der Asylgerichtshof ist, symbolisch stimmig, weit draußen in einem Randbezirk mit hohem Ausländeranteil angesiedelt.

Letzte Woche hätte sein Mandant noch gehofft, persönlich erscheinen zu können, aber nicht nur das belastende Wetter habe ihm einen Strich durch diese Rechnung gemacht, meint der kahle, wohlbeleibte Anwalt, setzt sich, tupft die Schweißperlen auf seiner Stirn ab und streicht dann das gefaltete Stofftaschentuch mit geschwinden Bewegungen mehrmals von vorn nach hinten über seine Glatze. Herrn Kuziantis Allgemeinzustand habe sich leider, wie zu befürchten war, radikal verschlechtert.

Den Vorsitz führt heute Dr. Zellweger. Zunächst erklärt er aus naheliegenden Gründen die Kleiderordnung für aufgehoben, die drei Herren entledigen sich somit ihrer Anzugoberteile, lockern die Krawatten und knöpfen die Hemden auf. Dann ersucht der Vorsitzende den hieramts bislang nicht aufgetretenen Rechtsvertreter um einen gültigen Lichtbildausweis, läßt die Daten aufnehmen und teilt ihm mit, ab sofort dürfe er sich als amtsbekannt betrachten.

In der Folge bedauert Dr. Zellweger das traurige Schicksal des Beschwerdeführers und untermauert diese Ausführungen, indem er für die Schreibkraft und das Protokoll ausführlich aus den vorliegenden Befunden zitiert: Nierenzellkarzinom, fortgeschrittene Metastasierung, Chemotherapie, Fatigue-Syndrom, ja, Fatigue mit ue, das kommt aus dem Französischen, also massive Erschöpfungszustände. Verhandlungsfähigkeit nicht gegeben.

Der Asylgerichtshof ist seit ein paar Jahren die zweite und letzte Instanz, abgesehen einmal vom Verfassungsgerichtshof. Der aber kann nur in wenigen Teilbereichen bei schwerwiegenden Fehlern angerufen werden und eingreifen, etwa wenn Grundrechte des einzelnen oder eben die Verfassung selbst durch Regelungen des Asylwesens verletzt wurden.

Wessen Fall am Asylgerichtshof verhandelt wird, der hat gegen einen negativen Erstbescheid berufen, korrekter: Er hat Beschwerde eingelegt, denn dem neuen Rechtsinstitut wurde gleich auch eine neue Terminologie mit auf den Weg gegeben. Berufungen gibt es also keine mehr.

Herr Kuzianti, geflüchtet aus Georgien, macht in seiner Beschwerde zunächst geltend, er sei keineswegs, wie angegeben, Staatsbürger der Russischen Föderation, sondern Armenier. Dr. Zellweger kürzt das Verfahren ab und geht auf dieses Vorbringen in der Substanz gar nicht ein. Ihm schwebt von Anfang an eine, wie er es ausdrückt, vernünftige Lösung vor: Herr Kuzianti möge doch am besten von der Beschwerde in Sachen Spruchpunkt eins zurücktreten. Wolle er nämlich weiter den von der Vorinstanz negativ beschiedenen Status eines Asylberechtigten erlangen, müsse er sich in jedem Fall ausführlichen, offenkundig nicht möglichen Befragungen aussetzen. Das Verfahren würde von Mal zu Mal vertagt werden, sich ewig hinziehen und den Patienten unnötig belasten, im schlimmsten Fall gar bis zu Herrn Kuziantis Ableben. Aus humanitären Gründen könne ihm hingegen nach Spruchpunkt zwei umstandslos befristeter subsidiärer Schutz zuteil werden. Er wünsche dem Mann zwar aufrichtig vollständige Genesung und ein langes Leben, aber nach Lage der Dinge dürfe davon, nüchtern betrachtet, nicht ausgegangen werden. In der ihm verbleibenden Zeit brauche sich der arme Herr Kuzianti auf der Basis von Spruchpunkt zwei nicht fortwährend mit einem schwebenden Verfahren und der drohenden Abschiebung belasten. Sollte wider Erwarten aber doch ein Wunder geschehen, käme es nach Ablauf der Frist eben zu einer neuerlichen Überprüfung durch das Bundesasylamt.

Er müsse diesen Vorschlag natürlich mit seinem Mandanten besprechen, entgegnet der Anwalt. Immerhin habe dieser auf Familienzusammenführung im Rahmen von

Spruchpunkt eins gehofft, schließlich lebten seine Frau und die beiden Kinder immer noch in Georgien.

Dr. Zellweger gibt außerhalb des Protokolls zu verstehen, daß eine solche Hoffnung unrealistisch sei und subsidiärer Schutz für Herrn Kuzianti das höchste der Gefühle. Theoretisch wäre im übrigen auch nach Spruchpunkt zwei, subsidiärer Schutz, eine Einreise von nahen Angehörigen möglich. Ein letztes Mal signalisiert der beisitzende Richterkollege seine Zustimmung durch Kopfnicken. Er hat im gesamten Verlauf der Verhandlung nichts gesagt, aber öfters vielsagend genickt.

Es wird also vertagt.

Das war kurz und schmerzlos. Dr. Zellweger kann sich also umgehend in sein Büro zurückziehen, es bleibt ihm Zeit, neue Fälle zu studieren. Er ist ein gewissenhafter Mensch.

Das Cello, die Freunde

Die Mutter zerbricht sich seit Wochen schon den Kopf, wie es gelingen könnte, das Land zu verlassen, irgendwo Aufnahme zu finden. Der Vater tröstet sich lieber damit, daß es am Ende vielleicht doch nicht ganz so schlimm kommen würde, wie es momentan zugegebenermaßen den Anschein hat. Die halbwüchsigen Kinder verachten die neuen Machthaber, ihr Trotz lindert die Angst. Die Mutter appelliert an sie, sich draußen auf der Straße möglichst unauffällig, vor allem um jeden Preis vernünftig zu verhalten, auf Provokationen in diesem aufgeheizten Klima nicht einzusteigen, keine unbedachten Äußerungen, bitte, ich flehe Euch an!

Die neuen Machthaber lassen unterdessen den für ihre Anhängerschaft gedachten Freibrief verlauten: Sie könnten die Sicherheit der Minderheit nicht länger garantieren, heißt es, der berechtigte Zorn auf sie würde sich spontan Bahn brechen. Die Mutter überlegt fieberhaft, ob von Vaters Patienten in den letzten Jahren jemand ins Ausland gegangen sei, an den sie sich um Hilfe wenden könnte. Zumindest die Kinder müssen so schnell wie möglich raus hier. Der Vater schilt sie hysterisch, sie stürzt weinend aus dem Zimmer, es tut ihm schnell leid.

Alles zurücklassen, die Praxis, die Wohnung, das Cello, die Freunde, seine ganze Welt, er kann sich mit diesem Gedanken beim besten Willen nicht anfreunden. Zudem sind Auslandsreisen für seinesgleichen inzwischen beträchtlich erschwert worden, ohne die schriftliche Bereitschaft eines Landes, einen aufzunehmen, ist daran von vornherein nicht zu denken. Und die wiederum hängt für Erwachsene fast überall von fixen Beschäftigungszusagen ab. Woher nehmen und nicht stehlen? Die potentiellen Aufnahmeländer sind vorsichtig geworden, restriktiv, wer will es ihnen verdenken, zu viele haben sich bereits auf den Weg gemacht, machen müssen.

Und wenn es wider Erwarten gelänge auszuwandern, dann nur unter Zurücklassung des gesamten Vermögens als Fluchtsteuer. Steht das wirklich dafür? Seit kurzem darf er, der beliebte Wiener Hausarzt mit dem bekannt großen Herzen für Mittellose, ausschließlich nur noch Angehörige der eigenen Minderheit behandeln, die Einnahmen gehen empfindlich zurück, aber zum Leben reicht es allemal, man wird sich eben etwas einschränken. Die Ausschreitungen der ersten Wochen sind offenbar leicht abgeebbt, es wird sich doch noch alles einrenken, hofft er, weil nie und nirgends so heiß gegessen wird wie gekocht.

Aber die Kinder. Vielleicht hat sie recht. Und wenn es nur auf ein Jahr ist, bis sich alles beruhigt hat. Fünfzehn sind sie und dreizehn. Bei Kurt, dem Älteren, hat der Vater ohnehin keine größeren Bedenken, der will soundso endlich die Welt sehen, Abenteuer bestehen, er hat ja selbst schon ins Spiel gebracht, daß er am liebsten sofort weggehen würde. Klara hingegen ist noch etwas jung, ihr würde es anfangs sicherlich schwerfallen. Andererseits sind die beiden im Frühjahr bald nach dem Einmarsch des Gymnasiums verwiesen worden, aus rassischen Gründen, vielleicht ließe sich doch irgendwo ein geeigneter Schulplatz finden, am besten weit weg, in England womöglich.

Der freundliche Offizier von der Heilsarmee fällt ihm da plötzlich ein, dieser Captain Brey, den sie letztes Jahr ins Elsaß versetzt haben. Die Heilsarmee, hat die nicht englische Wurzeln? Der Mutter gelingt es tatsächlich, seine aktuelle Adresse ausfindig zu machen. Er werde sich bemühen, schreibt er zurück, aber, um ehrlich zu sein, viele Möglichkeiten sehe er von Colmar aus nicht. Allerdings würde er die Kinder, sollte ihre Route über das Elsaß führen, gern ein paar Tage bei sich aufnehmen.

Parallel sind die Eltern mittlerweile akribisch die ganze Patientenkartei durchgegangen. Unter P werden sie fündig: Alfred Pilotzky, ein prominenter Quäker, ebenso fromm wie hemdsärmelig, von allen nur Al genannt, ihm ist am ehesten zuzutrauen, das Unmögliche möglich zu machen.

Al macht sich auch sofort an die Arbeit, und nach wenigen Tagen schon steht das Reiseziel für Kurt fest, der als erstes abreisen soll. Hat er sich drüben einmal einigermaßen eingelebt, kann er der Schwester in der Not beistehen, ist das Kalkül, auch wenn die wahrscheinlich keinen Platz an der Friends School irgendwo in einem kleinen Nest in Yorkshire finden dürfte. Die will Kurt trotz des großen Andrangs aufnehmen, wenn das Schulgeld pünktlich bezahlt wird. Ein riesiger Koffer wird angeschafft, die Liste an Kleidungsstücken abgearbeitet, welche beim Eintritt ins Internat vorzuweisen sind, in bestimmten Farben und vorgeschriebener Zahl, von den Socken bis zu den Hemden, alles säuberlich mit Namensetiketten versehen. Blazer, Kappe, Abzeichen und Krawatte würden beigestellt werden.

Die Mutter besorgt mit viel Aufwand die nötigen Papiere, näht reichlich Papiergeld ins Futter von Kurts Wintermantel, den er unter keinen Umständen verlieren darf. Praktisch die ganze Verwandtschaft steht auf dem Bahnsteig, als es so weit ist. Von vielen wird sich in den kommenden Jahren jede Spur verlieren, in den ausgedehnten Wäldern nahe Riga zum Beispiel oder in Auschwitz. Den sportlichen Onkel Erich mit seinem sonnigen Gemüt wird es als ersten erwischen. Er wird sich nach Jugoslawien durchzuschlagen versuchen und dabei an der Grenze erschossen werden.

Kurt fällt nicht einmal so richtig auf, wie gedrückt die Stimmung rundherum ist, er freut sich vielmehr über den gewohnt exzellenten Apfelstrudel, der ihm von der Großmutter beim Abteilfenster hineingereicht wird, und mehr noch über die Gelegenheit zur Fahrt ins Abenteuer. Captain Brey wird ihm entgegenkommen und ihn in Basel abholen.

Milderes Gewicht

Bei dem Hinweis, dass der Beschwerdeführer am 27. August 2004
die österreichische Staatsbürgerin Ingrid F. geheiratet habe,
handelt es sich um eine in verwaltungsgerichtlichen Verfah-
ren unzulässige Neuerung. Dem Beschwerdeführer wurde im
Berufungsverfahren mit Note vom 7. Februar 2006, zugestellt
am 15. Februar 2006, Parteiengehör eingeräumt. Auch diese
Gelegenheit wurde von ihm nicht genützt, auf die abgeschlos-
sene Ehe hinzuweisen.

Ob das nun wahr ist oder nicht, ob der junge Mann aus
Nigeria seine Ingrid aus Liebe oder bloß aus Berechnung
geehelicht hat, darüber darf getrost spekuliert werden.
Aber um das geht es mir ja gar nicht, erklärt Dr. Wilfried
Roither und legt das Blatt zur Seite, ich will nämlich auf
etwas ganz anderes hinaus: Jeder unvoreingenommene
Laie würde, wenn er die in diesem Dokument angegebenen
Gründe für die definitive Abweisung der Beschwerde genau
studiert, zum Schluß kommen müssen, aha, hätte dieser
ungeschickte Asylwerber den Umstand seiner Heirat rechtzeitig und nachvollziehbar vorgebracht, wäre ihm zudem
der eindeutige Nachweis gelungen, in besagter Ingrid
den Menschen fürs Leben gefunden zu haben, dann, ja
dann hätte das Verfahren natürlich ganz anders ausgehen
können.

Natürlich nicht. Sollte sich der gute Mann heute irgendwo in den Slums von Lagos Vorwürfe machen wie so viele
andere mittlerweile Abgeschobene, denen quasi im nachhinein und letztinstanzlich vom Verwaltungsgerichtshof
scheinbar verraten wurde, wie sie sich verhalten hätten
sollen, um einen Aufenthaltstitel zu ergattern, er würde
sich völlig umsonst quälen. Hätte er nämlich alles richtig
gemacht, wäre es ihm ohne Zweifel wie diesem Landsmann
ergangen, nämlich auch schlecht:

Angesichts der Eheschließung zu einem Zeitpunkt, als er nicht mit einem gesicherten Aufenthalt im Inland rechnen konnte, können die persönlichen Interessen des Beschwerdeführers nicht so schwer gewichtet werden, dass sie das bereits genannte öffentliche Interesse überwiegen. Dabei kann es dahinstehen, ob der Beschwerdeführer – wie behauptet – bereits der erstinstanzlichen Behörde nachgewiesen hat, dass seine Ehefrau seit Februar 2008 aus einem Restaurant einen monatlichen Gewinn von ca. EUR 2000.- erwirtschafte.

Wer neun Jahre unbescholten hier lebt und einen sicheren Arbeitsplatz vorweisen kann, wird belehrt, es sei *für seinen Standpunkt* dadurch *nichts gewonnen, hält er sich doch ohne einen eine Erwerbstätigkeit erlaubenden Aufenthaltstitel im Bundesgebiet auf. Unstrittig verfügt der Beschwerdeführer über keine familiären Bindungen im Bundesgebiet.*

Wer sechs Jahre unbescholten hier lebt, jede Menge familiäre sowie soziale Kontakte belegen kann, wegen seines anhängigen Verfahrens und den damit verbundenen zynischen Restriktionen jedoch keine Arbeit findet, wird belehrt, *dass der Beschwerdeführer im Bundesgebiet keine berufliche Integration – samt damit verbundener Selbsterhaltungsfähigkeit – erlangt hat.*

Sehr wohl berücksichtigt im Verfahren, wenn auch für zu leicht befunden, wird die legale Erwerbstätigkeit eines seit sieben Jahren im Bundesgebiet aufhältigen Nigerianers *aus verschiedenen künstlerischen Tätigkeiten, die entgegen der in der Beschwerde vertretenen Ansicht keinesfalls zu einer finanziellen Absicherung des Beschwerdeführers führen.*

Auch soweit der Beschwerdeführer auf den Erwerb eines Freundes- und Bekanntenkreises, soziales Engagment in seiner Pfarre und durch den Einsatz gegen Drogenmissbrauch, eine Absolvierung von Kursen (insbesondere eines PC-Kurses und zum Erwerb der deutschen Sprache) sowie auf weitere soziale und kulturelle Aktivitäten verweist, ist dem zu entgegnen, dass das aufgezeigte private Interesse an einem Ver-

bleib in Österreich in seinem Gewicht gemildert ist, weil der
Beschwerdeführer keine genügende Veranlassung gehabt hatte,
von einer Erlaubnis zu einem dauernden Aufenthalt in Öster-
reich auszugehen.

Was bitte ist eine genügende Veranlassung außer ein völlig
schwammiger Begriff? Objektiv jedenfalls kann gar niemand,
kein einziger Asylwerber, der es bis hierher geschafft hat,
eine für den Ausgang des Verfahrens dermaßen schwerwie-
gende genügende Veranlassung haben, denn es liegt eben
ganz im Ermessen der dafür eingerichteten Instanzen, so
zu entscheiden oder eben anders. Und meistens entscheiden sie so.

Apropos Ermessen: Einem konkreten Individuum kann
die Judikatur des Verwaltungsgerichtshofes naturgemäß
allein schon aus Überlastungsgründen nur wenig Platz einräumen, und beim neuen Asylgerichtshof beziehungsweise
eventuell dann noch beim Verfassungsgerichtshof ist das
auch nicht viel anders.

Also wird ein Erkenntnis vorwiegend aus häufig verwen-
deten textlichen Versatzstücken gezimmert, und so kommt
es vor, daß sich selbst in der höchsten Instanz dieselbe him-
melschreiende sprachliche Unsinnigkeit wieder und wieder findet. Offenbar kratzt das niemanden. Sie müssen
wissen, ich habe, lange ist es her, ursprünglich etliche Seme-
ster Germanistik und Kunstgeschichte studiert, bevor ich
umgesattelt habe. Bin nämlich ein Spätberufener, der sich
irgendwann Mitte zwanzig nach mehr Klarheit, Eindeutig-
keit, nach etwas Griffigem zum Anhalten gesehnt und ausgerechnet bei den Rechtswissenschaften angedockt hat. Na
ja. Ein besonderes Schmankerl gefällig?

Der Anwalt redet wie aufgezogen. Er greift sich unter
vielen zielsicher ein weiteres Schriftstück.

Da heißt es allen Ernstes: Die zwar berücksichtigten
oder neutral bewerteten Umstände unbestrittener erfolgreicher Integration auch in Verbindung mit der langen Auf-

enthaltsdauer reichen *nicht aus, dass unter dem Gesichts-*
punkt des Art. 8 EMRK oder des Ermessens von einer Aus-
weisung hätte Abstand genommen werden müssen.

Ganz von den konkreten Fällen abgesehen und auch davon, daß mit der zahnlosen Menschenrechtskonvention hier
leider wirklich nichts auszurichten ist, Ermessen gründet
sich nun einmal prinzipiell nicht auf ein Müssen, sondern
auf einen gewissen Spielraum. Unter dem Gesichtspunkt des
Ermessens MUSS man also per definitionem nie Abstand
von irgendetwas nehmen, aber man DARF es. Alles andere
ist schlicht eine contradictio in adiecto, ein Widerspruch
in sich. Zugegeben, es ist ganz schön heikel, zu Ermessens-
fragen unanfechtbare juristische Aussagen zu treffen, aber
so plump, so unsinnig geht es wirklich nicht. Auch wenn
es anscheinend so geht.

Sie sehen also, faßt Dr. Wilfried Roither seine Beispiele
kurz zusammen, lehnt sich mit einem Seufzer zurück und
schmunzelt gleichzeitig, jeder Hebel, den wir ansetzen, läßt
sich auf diese Weise bequem aushebeln. Die sitzen immer
am längeren Ast, können nach Belieben fuhrwerken, und
das ist politisch auch so gewollt, keine Frage.

Natürlich fällt einem Germanisten da sofort Kafka ein,
das liegt ja irgendwie auf der Hand. Mir kommen dabei
aber auch immer wieder, Sie werden lachen, die Brüder
Grimm in den Sinn. Sie kennen doch sicher das berühmte,
ursprünglich plattdeutsche Märchen vom Hasen und vom
Igel? Diese schöne, aber ziemlich brutale Geschichte vom
Wettlauf der beiden, die schließlich mit dem Erschöpfungs-
tod des völlig ausgepumpten Hasen endet, dem das Blut
aus der Nase schießt?

Exakt dreiundsiebzigmal tritt der Bedauernswerte gegen
den umgänglichen, ja richtig sympathisch eingeführten
Igel an, dessen einziges moralisches Manko, wie wir lernen, darin besteht, gegen seinen Kontrahenten von vornherein mit gezinkten Karten zu spielen, und zwar unbarm-

herzig bis zum bitteren Ende. Denn am Ziel, wo die Ackerfurche aufhört, steht bekanntlich seine Frau, die ihm zum Verwechseln ähnlich sieht, und abwechselnd rufen die beiden zweiundsiebzigmal: Ich bin schon da!, wenn der betrogene Hase in der Furche daneben heranbraust.

Was immer so ein Asylwerber Achtbares leistet, wie perfekt er sich integriert, er könnte auch den dreiundsiebzigsten Wettlauf mit der Justiz beim besten Willen nicht von sich aus gewinnen, das ist ein absolutes Ding der Unmöglichkeit, verstehen Sie? Immer richtet sich irgendwo am Horizont in der Ackerfurche das übergeordnete öffentliche Interesse an weiß Gott was auf und verkündet trocken: Ich bin schon da! Am Ende bricht er, sofern er das Ganze nicht selbst als Spiel auffaßt und locker bleibt, was man aber gerade bei wirklich Verfolgten gleich einmal ausschließen kann, am Ende bricht er entweder erschöpft zusammen, wird abgeschoben, geht in den Untergrund, bringt sich um, was weiß ich, oder man erweist ihm eine josephinische Gnade und läßt ihn irgendwann doch hier existieren, denn mit objektiven Rechtsgrundlagen hat das alles längst nur mehr wenig zu tun.

Dem Hasen im Märchen kann man immerhin seine Dummheit, seinen Hochmut vorhalten, denn niemand zwingt ihn, sich diesem blöden Wettlauf wieder und wieder zu stellen. Aber rechtfertigt das schon die Taktik des Igels, ihn, der naiv an ein ehrliches Verfahren glaubt, bis zum Umfallen zu hetzen? Und kann die unbestrittene Tatsache, daß viele Asylwerber bloß aus wirtschaftlichen Gründen hierher kommen, die Taktik des Höchstgerichts rechtfertigen, den Betroffenen wider besseres Wissen alles Mögliche zu verzapfen, das sie hätten tun sollen, um in Gnaden aufgenommen zu werden, wenn es ohnehin nichts genützt hätte? Ich glaube nein.

Dr. Wilfried Roither hat sich in den letzten Jahren weithin als engagierter Flüchtlingsanwalt einen Namen gemacht, aber diese Bezeichnung hört er nicht gar zu gern.

Schauen Sie, dadurch daß der Begriff Flüchtling, ähnlich wie das Wort Asyl, sogar von der Politik selbst permanent mit allen möglichen sogenannten Fremden in Verbindung gebracht wird, die aus den unterschiedlichsten, an sich durchaus ehrbaren Gründen bei uns aufkreuzen und bleiben wollen, von der puren Abenteuerlust über die wirtschaftliche Not bis hin zur Liebesbeziehung, wird er leider völlig entwertet. Da rede ich noch gar nicht von der vorsätzlichen Perfidie, Flüchtlinge ungeniert mit Kriminaltouristen gleichzusetzen.

Und für diejenigen, denen dort, wo sie herkommen, wirklich eine ernste Gefahr droht, hat man dann vor lauter In-einen-Topf-Werfen überhaupt kein Gespür mehr. Es gibt hierzulande quer durch alle Gesellschaftsschichten leider mehr als genug Zeitgenossen, die nicht im geringsten bereit sind, zwischen generalstabsmäßig reisenden Mitarbeitern des organisierten Verbrechens auf Beutezug und, sagen wir, verfolgten Menschenrechtsaktivisten aus einer afrikanischen oder arabischen Diktatur zu unterscheiden.

Gut, wer das Glück hat, massive staatliche Repression idealerweise mit einer größeren Menge von wasserdichten Originaldokumenten plus zusätzlichen hübschen Folterspuren auf seinem Körper nachweisen zu können, der hat immer noch verhältnismäßig gute Karten, auch wenn selbst in solchen Fällen oft haarsträubend judiziert wird. Aber dem heimischen Gesetzgeber stünde es, finde ich, allemal gut an, der unbestreitbaren Tatsache wesentlich umfassender Rechnung zu tragen, daß brutale ethnische oder religiöse Verfolgung heutzutage in instabilen Ländern grausamer Alltag ist.

Ob sich nämlich die Staatsorgane daran aktiv beteiligen oder nicht, kommt für die Opfer unterm Strich auf dasselbe heraus, solange Behörden und Polizei nicht genügend aktiv dagegen tun, tun wollen oder tun können. Ich habe durchaus ein gewisses Verständnis dafür, daß man krisengeschüttelte Länder bei uns möglichst bald wieder als sicher rubrizieren will, solange man das nicht als Ausrede betrachtet, alle von dort Geflohenen über einen Kamm zu scheren, ohne genaue Prüfung einfach heimzuschicken. Mit dem Zwang zur Gleichbehandlung hat das im übrigen gar nichts zu tun, das ist eine bloße Schutzbehauptung gewisser Politiker. Die persönlichen Umstände sind eben höchst ungleich. Doch mit solchen Forderungen beißt man wie mit vernünftigen Vorschlägen zu Verfahrensfragen auf Granit. Oder soll ich präziser sagen: auf Pudding?

Denn die erschreckend wenigen Fachpolitiker und mehr noch die vielen Generalisten oder schlichten Gemüter, die, sind wir uns ehrlich, kaum etwas von der Materie verstehen und zu bequem sind, sich einzuarbeiten, leider vereinigen sie oft problemlos beides in sich, den Granit populistischen Kalküls, eiskalter Rücksichtslosigkeit, mangelnder Gesprächsbereitschaft, absoluten Desinteresses am schlagenden Argument, und den Pudding einer scheinbaren Verbindlichkeit, eines abwiegelnden Aber-jetzt-tun-'S-doch-bitte-nicht-gleich-so-Übertreiben, der brutalen Umgänglichkeit des Grimmschen Igels.

Es gibt positive Ausnahmen, das stimmt schon, aber die sind rar und können sich normalerweise nicht durchsetzen. Über die negativen Ausreißer, die xenophoben, rassistischen Hetzer, die den Mainstream nach Lust und Laune vor sich her treiben, brauche ich ohnehin kein Wort verlieren. Die sind, wie sie sind, wenden ungerührt ihre Salamitaktik an, und niemand gebietet ihnen Einhalt, klärt auf, differenziert. In aller Drastik: Die ständigen Verschärfungen des Asylrechts funktionieren nach dem Rasenmäherprinzip. Betroffen davon sind alle, und es ist einfach nicht wahr, daß die in wirklich existentiellen Notlagen dabei garantiert herausgefiltert werden.

Früher hatte man auch jenseits des engen Definitionsrahmens der Genfer Flüchtlingskonvention eine reelle

Chance, und noch früher, zu Zeiten des Kalten Krieges, war überhaupt alles anders: Daß nämlich die Abertausenden, die einst jahrzehntelang ohne größere Probleme aus dem sogenannten Ostblock ins Land sickerten, beileibe nicht nur während der großen Krisen Ungarn sechsundfünfzig, Prag achtundsechzig, Polen achtzig, daß die alle politisch schwerst verfolgt waren, ist eine Mär, absoluter Schwachsinn ist das. Wirklich aufgeregt haben diese vielen Wirtschaftsflüchtlinge aber niemanden damals, weil eben die dumpfe Begleitmusik gefehlt hat, wenn man einmal vom blindwütigen Antikommunismus absieht.

Auch der Verlauf der Zuwanderungsdebatte trägt nach meiner Überzeugung das Seine dazu bei, daß auf die wirklich Verfolgten immer weniger Rücksicht genommen wird. Ihnen fehlt schlicht und einfach eine mächtige Lobby. Spezialisten braucht das geburtenschwache Land, trommelt die Wirtschaft mit einigem Recht, Hochqualifizierte, Schlüsselarbeitskräfte samt ihren Familien. Dafür wurden Greencard-Modelle in Rot-Weiß-Rot mit ausgeklügelten Punktesystemen entwickelt, denn eine solche Öffnung ist ökonomisch nützlich. Wäre den verantwortlichen Politikern ein Stein aus der Krone gefallen, wenn sie sich, weil der Paradigmenwechsel nun einmal sowieso anstand, gleichzeitig angeschaut hätten, ob im Asylrecht die enge Beschränkung auf Verfolgung durch den Staat selbst noch zeitgemäß ist? Ich glaube nicht.

Zwischen den gewaltigen und mediengerechten Mühlsteinen organisierte Kriminalität, Religionsfanatismus und geregelte Zuwanderung wird das hohe Gut des internationalen Schutzes Verfolgter regelrecht zerrieben. Selbst höchst renommierte Menschenrechtsorganisationen stehen mit ihren fundierten Einsprüchen heutzutage völlig auf verlorenem Posten. Trotz ein paar kosmetischen Erfolgen, etwa wenn kleinen Kindern großzügig die Schubhaft doch erspart wird, es ist ein stetes Rückzugsgefecht. Einfach deprimierend. Mittlerweile ist der Schutz Verfolgter, das hat unlängst eine repräsentative Studie ergeben, nur mehr für weniger als ein Viertel der heimischen Bevölkerung ein wichtiges Menschenrecht, und daß es, noch, sage ich ausdrücklich dazu, daß es das Recht auf Asyl überhaupt in der Verfassung gibt, weiß gerade einmal ein Drittel.

So, das wär's, was ich dazu sagen kann. Vielleicht eins noch, damit kein falscher Eindruck entsteht: Bei vielen Mandanten, denen ich beibringen muß, daß sie nicht bleiben können, habe ich keine größeren Schwierigkeiten, professionelle Distanz zu wahren. Anwälte sind es gewohnt, Prozesse zu verlieren. Ich sage mir dann: Gut, sie haben es probiert, aber jetzt müssen sie halt in schlechten Verhältnissen daheim weiterleben wie Millionen andere. Das ist traurig, aber auszuhalten.

Und dann gibt es, nicht allzu oft, aber trotzdem viel zu häufig, die himmelschreienden Fälle, wo mir, dem abgebrühten alten Hasen, immer noch die Augen naß werden, ich sage Ihnen das ganz ehrlich. Und genau dieser Fälle wegen echauffiere ich mich so, auch wenn mir mein Hausarzt seit Jahren dringend empfiehlt, endlich kürzer zu treten und mich möglichst nicht zu sehr aufzuregen: der Blutdruck, eindeutig meine Schwachstelle. Ich hätte wohl doch Germanist werden oder mich wenigstens von dieser nervenaufreibenden Rechtsmaterie fernhalten sollen.

Dr. Roithers Schreibtisch ist mit Schriftstücken übersät, aus denen er vorher zitiert hat. Sogar auf dem Teppich seiner Kanzlei stapeln sich überall Aktenbündel, etliche von ihnen betreffen ebenfalls Asylverfahren. Wie eine mit Maulwurfshügeln übersäte Wiese sieht das aus. Wo sich wohl die dazugehörigen Menschen jetzt befinden? Und wie es ihnen geht?

Bei Nachbarn

In einer Ruine von Haus eine Ruine von Mensch, von den wenigen, mit denen sie sich überhaupt noch abgibt, hinter vorgehaltener Hand gerne auch als Schatten bezeichnet, als Schatten der hochbegabten Schülerin von einst, der späteren Technikstudentin, der kommunikativen Geschäftsfrau: Jelenas Mutter Zdenka verbringt ihre vorletzten Tage zumeist apathisch in der Küche, wo es, wie überall hier, modrig riecht, auf einem fleckigen alten Sofa aus dem Spendenfundus einer Hilfsorganisation.

Wann sich die Tuberkulose festgesetzt hat in ihr, sie weiß es nicht, es ist ihr egal. Fest steht, unmittelbar nach dem gewaltsamen Tod der beiden Jüngsten ist die Krankheit so richtig ausgebrochen, sie selbst verfallen, praktisch von einem Tag auf den anderen, sagen die Leute, sie hat ihren Arbeitsplatz nur noch wenige Male aufgesucht. Fest steht, wo sie jetzt leben, wo sie lehnen muß, ist das Leiden nur schwer in den Griff zu bekommen, es ist ihr egal. Die paar Leute, die sich überhaupt hertrauen, haben hilflose gute Ratschläge im Gepäck, sie solle an ihre älteren Kinder denken, so groß seien sie noch nicht, daß sie es ohne Mutter schaffen könnten, sie dürfe sich nicht aufgeben. Es ist ihr egal.

Zdenkas eigene Mutter, ein Einzelkind, starb beim Überqueren der Straße, da war sie selbst, der Betriebsunfall in Zeiten vor der Pille, noch nicht einmal ganz ein Jahr alt. Bei fürsorglichen Großeltern wuchs sie auf, in derselben Straße, wo sie heute lehnt, wo ihr alles egal ist. Die slowakische Großmutter, also Jelenas Urgroßmutter, geboren in den letzten Jahren der österreich-ungarischen Doppelmonarchie, hat oft, viel und begeistert von der wirtschaftlich blühenden Tschechoslowakei der Zwischenkriegszeit erzählt, von ihrer Kindheit und Jugend im phantastischen Preßburg, in Bratislava, jener fernen kleinen Großstadt weit im Norden, dem lebenslangen Sehnsuchtsort, den sie ihrem serbischen Mann zuliebe kurz vor dem Zweiten Weltkrieg für immer verlassen hatte. Zdenka wollte einmal dorthin fahren, es ist nie dazu gekommen, sie hatte bald andere Sorgen, sie hatte Sorgen.

Kurz nach dem Beginn ihres Studiums starb Übervater Tito, der den Vielvölkerstaat kraft seiner persönlichen Autorität lange zusammengehalten hatte, und der ohnehin stets schwelende Nationalismus in Jugoslawien brach sich langsam wieder Bahn, von unten wie von oben, bis etwas, das ein neuer, gewiefter Machthaber in Belgrad als antibürokratische Revolution verkaufte, die autonome Provinz Kosovo schließlich völlig entrechtete.

Zwar lag nun alle Macht in den Händen der Serben, aber welcher? Die wenigen in albanischen Siedlungsgebieten, ob serbische Nationalisten oder nicht, bekamen schnell die Abneigung der rücksichtslos Gedemütigten zu spüren, der aus dem Staatsdienst Entfernten, der Enteigneten, derer, die mit einem Male ohne albanische Schulen dastanden, deren politische Parteien und Vereine aufgelöst worden waren. Offene Gewalt blieb noch für Jahre die Ausnahme, aber das Klima war restlos vergiftet.

Besonders junge männliche Albaner begannen allmählich, auf die Waffenkarte zu setzen, und dann, vor fünf Jahren, brachen sie endlich voll aus, die Kämpfe zwischen der UÇK, anderen Freischärlergruppen und der jugoslawischen, der serbischen Armee, das Umbringen nahm auch hier seinen Lauf, beiderseits standen Greueltaten gegen unbeteiligte Zivilisten auf der Tagesordnung. Der Massenexodus begann, wie schon vorher in anderen Teilen des zerfallenden Staates. Dann griff sogar die NATO ein, machte es schlimmer, sagten die einen, verhinderte das Schlimmste, konterten die anderen. Jetzt sind die Albaner obenauf, aber eine echte Entspannung ist nicht in Sicht. Furchtbare Jahre waren das, viel zu viele furchtbare Jahre.

Auch privat. Die Urgroßmutter gab damals, wenige Monate nach dem Tod Titos, dem jungen Mann vom Land bereitwillig Quartier, als eine gute Bekannte sie darum bat: In der Fabrik wolle der Neffe anfangen, brav sei er, fleißig, geschickt, bei der Renovierung des Hauses könne er sich nützlich machen, die stünde doch längst an, oder? Besonders diese Aussicht nahm die Urgroßmutter gleich für den Gedanken ein, das kleine Zimmer oben um einen Spottbetrag an Mirko zu vermieten. Der Urgroßvater, als in besseren Zeiten beliebter Ladenbesitzer und Stadtteilphilosoph eine lokale Berühmtheit, hatte nun einmal zwei linke Hände, daran war nichts zu ändern. Seit bald sechzig Jahren stand das Gebäude jetzt da, und die ganze Zeit über war es nicht richtig in Schuß gehalten worden.

Alles ließ sich erfolgversprechend an, ganz wie erhofft. Jelenas künftiger Vater entwickelte sich schnell zum guten Hausgeist mit Familienanschluß, weit mehr allerdings, als es den Urgroßeltern zunächst lieb war: Zdenka war nun einmal eine gutaussehende junge Frau, Mirko ein gutaussehender junger Mann, noch dazu ein hier so rares Exemplar der Sorte Serbe, die vorwiegend albanische Umgebung draußen gab sich von Monat zu Monat weniger einladend. Sein winziges Zimmerchen entwickelte sich auf diese Weise bald aus verschiedenen Gründen zum beliebten Rückzugsgebiet für die beiden, wenn Zdenka an den Wochenenden und für die Ferien vom Studium zurückkam.

Besonders die Urgroßmutter hatte ihre Einwände gegen die Verbindung, sie dachte eher an einen Studenten, aus dem einmal etwas werden würde, im Heimhochhaus in Priština hatte die hübsche Enkeltochter doch wahrlich Auswahl genug. Sie fand sich schließlich ab, Mirko war immerhin ein untadeliger Vertreter der Arbeiterklasse, der sich dieser Vielvölkerstaat verdankte, wie ihr Mann augenzwinkernd argumentierte. Der Urgroßmutter war ihr altes tschechisches Idol Masaryk zwar eindeutig lieber als Tito, aber Tito wiederum viel lieber als die famosen Herrschaften, die jetzt gewissenlos auf die nationalistische Karte setzten, immer mutiger zu zündeln und Jugoslawien so von innen auszuhöhlen begannen. Und wo absehbar war, daß Menschen aufeinander gehetzt werden würden, durfte man einen starken, einen praktischen jungen Mann im Haus nicht geringschätzen.

Die Slowakin und der Kosovoserbe konnten nicht nur auf eine lange Lebenserfahrung zurückblicken, sie waren selbst das beste Beispiel für eine gelungene Partnerschaft zwischen Angehörigen verschiedener Nationalitäten, denn sie liebten einander trotz aller Schwierigkeiten bis zum Schluß. Man konnte es sehen, man konnte es spüren. Die kleine Jelena hing sehr an ihnen. Trotz ihres Alters waren sie immer noch, nun schon für eine dritte Generation von Nachkommen, unwidersprochen die Familie des Hauses. Alle anderen kamen zu Lebzeiten der Urgroßeltern nicht über den Status von Kindern und Kindeskindern hinaus, die hier Wohnrecht hatten. Die beiden starben schließlich kurz hintereinander, trotz ihrer fast achtzig Jahre bis zuletzt recht rüstig und mitten aus dem Leben geholt, als die Nachkriegsordnung Europas zerfiel und die Jugoslawiens gleich mit. Die schlimmsten Exzesse standen da erst bevor.

Der Vater war Mutters erster Freund, das weiß Jelena, bei der Zdenka sich früher oft genug ausgeweint hat, ihr erster und einziger Mann. Daß sie ihn je nur annähernd so geliebt haben könnte wie die Urgroßeltern einander, will die Tochter nicht glauben. Die Mutter machte stets die Verhältnisse im Land dafür verantwortlich, daß er bald nach dem ersten Kind, nach Jelena also, zu saufen begonnen hatte und sie zu schlagen, wenn er betrunken war. Jelenas Wut auf den Vater ist zu groß, zu tief für diese entschuldigende Erklärung, sie sieht noch das Einschußloch im hölzernen Türrahmen des später niedergebrannten Elternhauses, um ein Haar hätte er die Mutter damals aus nichtigem Anlaß umgebracht. Er hat kein zweites Mal abgedrückt, der

Knall dürfte ihn ernüchtert haben, er stürmte hinaus und kam erst drei Tage später zurück, tat, als ob nichts gewesen wäre. Da hatten sie schon damit gerechnet, er hätte sich selbst gerichtet.

Die Mutter überlegte kurz eine Anzeige, ließ sie bleiben, verzieh ihm aber nicht, wie sie ihm nichts und nie verzieh, strafte ihn durch Verachtung: Der erste Schritt zum nächsten Eklat war gesetzt.

Das Einschußloch ist fort, das Haus ist fort, der Vater ist fort, die Urgroßeltern sind tot, die beiden kleinen Geschwister sind tot, die Mutter wird bald tot sein, Jelena ist sich da schon jetzt sicher, auch wenn der Brustkrebs der Tuberkulosekranken erst in vier Wochen diagnostiziert werden wird.

Wenn sie von der Schule heimkommt, kümmert sich die Sechzehnjährige zunächst einmal um den Haushalt. Sie seien bei Nachbarn untergekommen, wird sie dem Organwalter in einigen Jahren bei der Einvernahme nach der Flucht knapp erzählen, und der wird es so ins Protokoll aufnehmen. Glück im Unglück, mag er sich denken, wenn er sich dazu etwas denken mag.

Wohl gehört das baufällige Gebäude, in dem sie jetzt hausen, das älteste in der Gegend, tatsächlich Nachbarn, aber die sind schon vor etlichen Jahren als Flüchtlinge weggezogen, in ein anderes, wie sie hofften, besseres Leben nach Deutschland. Geld durften sie sich keines mehr erwarten für die windschiefe Bruchbude, auch das Grundstück, auf dem sie steht, würde einstweilen nichts einbringen, niemand war darauf aus, in dem heruntergekommenen, fast ausschließlich von Albanern bewohnten Viertel vor der eigentlichen Altstadt zu investieren, schon gar nicht in schlechten Zeiten wie diesen. Die Nachbarn warteten in der Ferne auf bessere, mochte das Haus bis dahin in sich zusammenfallen oder nicht.

Benützbar war mit Einschränkungen nur noch das Erdgeschoß, ein kleiner Raum links vom Flur, einer rechts.

Keine Türen außer der Haustür, kein Bad, Klo hinten im Hof voller Gerümpel. Das Dach undicht, verrottete Sparren, alte Plastikplanen darauf befestigt, mit vorgesetzten Spanplatten notdürftig geschützte morsche Fenster ohne Scheiben in den beiden leeren Räumen des ersten Stocks, ein halbes Dutzend Plastikeimer an kritischen Stellen, sie müssen im Halbstundentakt geleert werden, wenn es heftig gießt, feuchte Wände, verschimmelte Dielen. In hartnäckigen Regenzeiten fällt auch eines der beiden ebenerdigen Zimmerchen aus, es tropft von der Decke, die Mutter, Jelena und der Bruder halten sich dann alle drei in der sogenannten Küche auf, die Mutter auf ihrem Sofa, die Kinder auf den Matratzen von nebenan, die sie in Sicherheit gebracht haben, alle unter Steppdecken, wenn es kalt ist, eingehüllt in ihre wärmsten Kleiderspenden, es zieht wie in einem Vogelhaus.

Einen vorsintflutlichen Herd gibt es dort, die einzige Wärmequelle im Haus, ein völlig unzureichender Festmeter Holz zum Einheizen für den bevorstehenden Winter wurde von irgendeiner Wohltätigkeitsorganisation aus den reichen Ländern Mitteleuropas vor der Tür abgeladen. Leute von der belgischen Caritas schleppten gar eine gebrauchte Waschmaschine und einen Kühlschrank ins Haus, die jetzt im Flur den Platz verstellen, Steckdosen dafür suchte man nämlich vergeblich, Strom ist nie eingeleitet worden hier. Das geschah an einem Vormittag, als die Kinder in der Schule waren, die Mutter wehrte sich nicht, es war ihr egal.

Wenn sie, selten genug, das Haus verläßt, dann nur für einen Arzttermin oder einen Besuch auf dem Friedhof bei den Kleinen mit Jelena. Die UNMIK hat das Begräbnis bezahlt, ein amerikanischer und ein griechischer Polizist, damals an den Ermittlungen beteiligt, kommen immer wieder privat auf Kurzbesuch, versuchen ziemlich vergeblich, der Trübsal im Haus zu trotzen, lassen eine Kleinigkeit da, Mehl, Schokolade, Seife, Kerzen, einen Geldschein. Manchmal schauen auch KFOR-Soldaten vorbei, die Geschichte von dem tragischen Brandanschlag stand damals groß in der Regionalpresse, die Sache ging vielen nah. Sogar ein ausführlicher Hintergrundbericht war erschienen, kurz nachdem die überlebenden Familienmitglieder im Nachbarhaus Unterschlupf gefunden hatten. Seine Überschrift: *Neues Heim, altes Elend.*

In Jelenas Schule wurde nach der Katastrophe für die unglückliche Familie gesammelt, ein paar lokale Firmen und Einzelpersonen stellten sich eine Zeitlang mit Spenden ein, das Geld ist längst aufgebraucht. Der Vater ist nicht greifbar, untergetaucht in diesem chaotischen Land oder weit weg, aus ihm ließe sich ohnehin nichts herauspressen, er ist seit langem arbeitslos.

Es steckt sicherlich kein Kalkül dahinter, wenn Jelena bei den Einvernahmen in Österreich unerwähnt lassen wird, daß die Nachbarn, die ihnen ihre Hausruine unentgeltlich überlassen haben, Albaner sind, eine einfache Familie, die schon mit den Urgroßeltern freundschaftlich verbunden war. Auch zum Begräbnis der verkohlten Kinder, die Mutter lag noch mit Verbrennungen im Krankenhaus und mußte der Bestattung fernbleiben, was sie sich gegen alle Vernunft bis heute ebenso vorwirft wie den gescheiterten Rettungsversuch, auch zum Begräbnis waren neben einigen bloß neugierigen etliche tief betroffene Albaner aus der Umgebung erschienen, vor allem Frauen, vor allem Mütter.

Jelena ist nicht berechnend und wird dummerweise viel zu oft ehrlich statt strategisch antworten, obwohl ihr das gehörig auf den Kopf fallen wird, denn Ehrlichkeit gibt keine Pluspunkte, und die Komplexität der Welt scheint für die österreichischen Behörden eine lästige Zumutung zu sein wie die Asylsuchenden selbst. Noch aber denkt sie nicht an Flucht, hier sind die Gräber der Urgroßeltern, der Geschwister, das der Mutter wird schnell folgen, hier besucht sie die Schule, hier sind die paar Menschen, die sie kennt.

Woanders kennt sie niemanden außer den angstmachen-den Vater, der sich vielleicht nach Deutschland durchge-schlagen hat, vielleicht in Belgrad oder weiß Gott wo lebt, wenn er lebt. Seit fast zwei Jahren fehlt jede Spur von ihm.

Einen einzigen Urlaub hat die Familie gemeinsam ver-bracht, damals waren die beiden Nachzüglerinnen noch gar nicht auf der Welt, auf der sie nicht mehr sind: Zehn Tage Camping an der montenegrinischen Küste im Spät-sommer. In der Beziehung der Eltern gab es eine Art klei-nes Zwischenhoch, die Feindseligkeiten im Kosovo waren noch nicht voll ausgebrochen, der Vater schien es endlich doch hinzunehmen, daß seine Frau es war, die als Geschäfts-führerin eines mittelgroßen Supermarktes das bißchen Geld ins Haus brachte und nie bereit sein würde, ihn über dessen Verwendung allein entscheiden zu lassen. Er trank weniger, aber die kleine Jelena begegnete ihm weiter mit einem tiefen Mißtrauen, denn was sich eingebrannt hatte, ließ mehr als Narben zurück, es schwelte in ihr, wie alles Schreckliche weiter schwelen wird, das ihr bisher schon widerfuhr oder im Moment erst noch bevorsteht, Medika-mente hin, Psychotherapie her. Das Wetter in diesen Ferien-tagen war durchwachsen, erinnert sich Jelena, und vor dem Meer hatte sie Angst, während der Bruder seinen Spaß zu haben schien. Sie hatten nie viel gemeinsam.

Bojan, den Bruder, zieht es merklich weg von zuhause. Nur gut ein Jahr jünger als Jelena, hält er es im perfekten Elend immer weniger aus, lieber streift er mit seinen Freun-den in der Gegend umher, liefert er sich Scharmützel mit albanischen Gangs, was Mutter und Schwester zusätzlich Angst macht, die Leistungen im Unterricht lassen nicht erst seit dem großen Unglück zu wünschen übrig, er mußte die letzte Klasse wiederholen, nach dem Pflichtschul-abschluß will er aussteigen, durchtauchen, bis er erwach-sen ist, und dann sofort weg von hier. Dem mütterlichen Leiden gegenüber zwischen Hilflosigkeit, Mitleid und Wut hin- und hergerissen, rettet er sich eine laute, aggressive Bockigkeit. Jelena nervt ihn bloß.

Rennt tagaus tagein mit einem ausdruckslosen Gesicht durch die Gegend, diese Schwester, verkriecht sich, sabbert mit der Mutter um die Wette, aber die hat wenigstens einen Grund. Weltuntergangsstimmung von früh bis spät, aber strebern wie blöd, das kann sie, die Kuh, bis tief in die Nacht hinein unter der mickrigen Petroleumfunsel. Bildet sich ein, schon jetzt was Besseres zu sein und ihn herumkommandieren zu dürfen. Ihr und sich selbst wünscht er endlich einen Typen, der es ihr ordentlich besorgt und ihr die Flausen aus dem Kopf schlägt. Aber viel Hoffnung macht er sich da nicht.

Von Burschen, von Männern will Jelena tatsächlich nichts wissen. Dabei sieht sie gut aus, sehr gut sogar, obwohl sie sich, nicht nur aus Geldmangel, weder schminkt noch sonstwie herausputzt. Probiert hätten es schon viele. Jelena ignoriert sie, wenn es geht, aber manchmal muß sie sie richtig anschnauzen, denn nicht alle lassen sich so leicht auf Distanz halten.

Das Leben ist ein einziger Kampf, hat sie von klein auf mitgekriegt, innerhalb der Familie, zwischen Frau und Mann, zwischen den Volksgruppen, ums Geld, um Macht, ums nackte Überleben. Und dazwischen nichts als Verluste. Sie zählt sich zu den geborenen Verliererinnen, und das nicht erst, seit das Zuhause wirklich in Flammen stand.

Jelena wußte von den anonymen Drohbriefen, in denen die Savicevics aufgefordert wurden, nach Belgrad zu gehen, bevor es zu spät sei. Dies sei uralbanischer Boden, den ihr Haus, das einzige serbische weit und breit, beleidige, beflecke, entehre. *Letzte Warnung!* war der dritte Zettel übertitelt, der wie die anderen unter der Haustür durchgeschoben worden war.

Die Polizei hat sich alles geduldig angehört, die Briefe an sich genommen. Der Nachbar schräg gegenüber, der, wenn er über den Durst getrunken hatte, auf der Gasse unverblümt mit ähnlichen Drohungen glänzte, mußte eine Aussage machen. Rausgekommen ist natürlich nichts dabei. Man werde verstärkt Präsenz zeigen, bekam die Mutter mit auf den Weg, die sich vom Großelternhaus unter keinen Umständen trennen mochte, ihren langjährigen Job im Supermarkt nicht aufgeben. Ihr Einkommen allein ernährte die vier Kinder und sie selbst. Das mutterlose Einzelkind ohne Vater konnte sich auf niemand stützen, nicht hier, schon gar nicht in Belgrad oder sonstwo im Land. Es würde sich mit der Zeit wieder einrenken, war ihre schwache, ihre alternativlose Hoffnung, bis die Brandbeschleuniger ganze Arbeit leisteten, als die Kleinen im Kinderzimmer spielten, dem kleinen Raum im Obergeschoß, den Mirko einst gemietet hatte.

Jelenas Schlaflosigkeit hat ihre Wurzeln schon hier, in den Monaten, als sie jede Nacht fürchtete, heute überfallen sie uns, heute bringen sie uns um. Sie kamen zweihundert Nächte nicht. Daß sie dann zu Mittag kommen würden, ausgerechnet an einem der raren Tage während der Woche, an dem die Mutter mit den Kleinen zuhause war, während Bojan und Jelena sich wie immer in der Schule aufhielten, das hat sie sich weder beim Wachliegen noch in ihren kühnsten Angstträumen vorstellen können.

Alles wird klar werden

Es ist fremdes Land. Das Reich der Justiz ist streng hierarchisch organisiert, hat seine eigene Sprache, seinen eigenen Glauben. Sein oberster Glaubenssatz: Alles wird klar werden, wie in den Krimis, es ist nur eine Frage der Zeit.

Wer vorsätzlich das Reich der Justiz bereist, als bloßer Beobachter, tastend, vorsichtig, stets in Gefahr, sich in den verzweigten Weiten seiner Flure zu verlaufen, in den unübersichtlichen Windungen seiner Schriften zu verlieren, trifft unweigerlich auf zahlreiche andere, die ebenso fremd sind in dieser Welt, nicht aber als bloße Touristen unterwegs. Sie betreten gewöhnlich auf Vorladung unvertrautes Terrain, als Angeklagte etwa, als Zeugen, als Antragsteller, kaum einer, kaum eine hat ernsthaft damit gerechnet, sich je einmal dort einzufinden.

Andere wiederum werden zwangsweise eingeliefert. Manche müssen bleiben, auf Monate, auf Jahre, ein paar gar für immer. Manche kommen wieder und wieder, unfreiwillig zumeist, routinierter von Mal zu Mal, etliche behaupten von sich sogar, richtig heimisch geworden zu sein und draußen nicht mehr Fuß fassen zu können. Aber das sind die Ausnahmen.

Im Reich der Justiz werden welche bezahlt, damit alles klar werden wird, weil alles klar werden muß, auch wenn oft nicht alles klar werden kann. Die Einheimischen bewegen sich wie Fische im Wasser, die Fremden fürchten den falschen Schritt, das falsche Wort, daß ihnen zum falschen Zeitpunkt ein Lächeln auskommen könnte, eine Geste der Empörung, der Resignation. Sie haben ein schlechtes Gewissen oder kein schlechtes Gewissen, fühlen sich schuldig, würden sich aber nie dazu bekennen, vor sich, vor anderen, fühlen sich unschuldig, pochen darauf, getrauen sich nicht, darauf zu pochen, sie glauben sich im Unrecht, im Recht, setzen unbedingtes Vertrauen in den Rechtsstaat, halten sich von vornherein für rechtlos. Viele werden gehörig überrascht vom Reich der Justiz während ihres Aufenthaltes.

Da haben welche miteinander zu tun, die woanders nie im Leben miteinander zu tun hätten, Welten prallen aufeinander. Die Einheimischen, bestens vertraut mit den Abläufen, der Sprache, geschützt durch das Recht auf ihrer Seite, neigen auffällig zur Selbstgewißheit, vermeinen häufig, die Fremden von vornherein zu durchschauen, haben ein Auge und ein Ohr für das Typische an ihnen, das Kategorisierbare, das Schlitzohrige, das Unbedarfte, das Kaltschnäuzige, das Unbeholfene. Auf Zwischentöne wird peinlich geachtet, sofern sie auf dem Weg zur entscheidungsreifen Klarheit dienlich sind, sonst sind sie eher entbehrlich und störend, müssen sie störend sein, denn es geriete womöglich ins Wanken, was den Einheimischen zumindest nach außen hin als unverrückbares Glaubensfundament dient: Daß es nämlich gerecht zuginge in diesem unparteiischen Reich, kraft einer in sich logischen, entwaffnenden Gesetzmäßigkeit seiner Abläufe, vorbestimmt durch die Weisheit der Waagschalen.

Im Reich der Justiz handelt das Establishment, also auch die rechtsfreundliche Vertretung der Vorgeladenen und der Vorgeführten, streng nach dem Gebot der Schriften, einer für Fremde wie Einheimische nahezu unüberschaubaren Vielfalt von auslegungsbedürftigen, daher reichlich kommentierten Kodices, die man sich selbst gegeben hat, wenn auch auf Geheiß und gelenkt von volksherrschaftlichen Göttern, welche in vielem verblüffend an die alten griechischen erinnern: Nichts Menschliches, nichts Unmenschliches ist ihnen fremd, Eigennutz eine Triebfeder, Eitelkeit weit verbreitet.

Hinter vorgehaltener Hand tuscheln die Einheimischen schon einmal gerne über die da oben, ihre Eigenheiten, Stärken, Schwächen und Skandale, Mutige üben zuweilen sogar offen Kritik, den klassisch Gebildeten unter ihnen kommen dabei gelegentlich die bitteren Konsequenzen für Auflehner wie Prometheus in den Sinn, denn Götter bleiben sie, all ihren Unzulänglichkeiten zum Trotz, rachsüchtig und letztlich unberechenbar.

Ihnen prinzipiell bösen Willen zu unterstellen, griffe freilich zu kurz, ganz im Gegenteil. Nicht aus sich selbst sind sie nämlich erstanden, sondern als demokratische Widerspiegelung eines kollektiven Bewußtseinsstandes längst entsolidarisierter Individuen. Und der hat mehr mit Angst, mit Berechnung zu tun als mit Bosheit. Mit Prinzipien schon gar nicht. Ihre Fahnen hängen die Götter deshalb vorsorglich gut sichtbar in den Wind veröffentlichter Meinung. Denn alle paar Jahre wird ihre Welt in Wahlkabinen rituell bestätigt. Zwar ändern sich schon einmal die Namen wie bei Zeus oder Aphrodite, die plötzlich Jupiter hießen oder Venus, aber das tut nichts zur Sache.

Als erkorene Verwalter, Deuter und Anwender gottgegebener Gesetzestafeln haben die Rechtsschriftgelehrten allen Anlaß, sich hervorgehoben unter den Sterblichen zu fühlen. Verfehlt einstmals Vorgeschriebenes tatsächlich oder scheinbar sein mitunter eher schwammiges, von allen Seiten freilich argwöhnisch beäugtes Ziel, etwa das eines geordneten Fremdenwesens, verändert sich gar dieses Ziel selbst, etwa der Inhalt des Begriffs geordnet, so werden die bislang gültigen Glaubensschriften durch neue, oft strengere, manchmal absurdere ersetzt, und das, wenn nötig, in immer kürzeren Abständen, denn die Götter fürchten nichts so sehr, als aus ihrem Himmel vertrieben, umbenannt, durch gleiche andere ersetzt zu werden. Sie sind zwar mächtig, allmächtig sind sie nicht. Und sie fürchten sich.

Angst haben sie vor den vielen, die sie erwählt, ihrerseits aber unter zahlreichen anderen Ängsten jene nagende haben, ins gut geölte Getriebe des Reichs der Justiz könnte womöglich Sand geraten, vor allem der bodenlose Treibsand übergroßer Nachgiebigkeit, falscher Toleranz, letztendlich ungeklärter Sachverhalte. Denn obwohl die einzelnen Mitglieder dieser für die Götter amorphen Masse da draußen, sollten sie selbst wider Erwarten einmal vorgeladen werden, sich im Hort dieses Reiches nur höchst selten zuhause und wohlfühlen, vielmehr vorzugsweise lebenslänglich einen weiten Bogen um seine meist befestigten Grenzen machen, halten sie dennoch große Stücke auf seine schiere Existenz, sein reibungsloses Funktionieren, die erlösende eindeutige Antwort auf die Frage, wer es gewesen sei. Und mehr wollen sie am liebsten gar nicht wissen.

Nichts ist nämlich anstrengender, nichts ist beunruhigender, verunsichernder als der weite Graubereich zwischen Schwarz und Weiß, Gut und Böse, Recht und Unrecht, Wenn und Aber. Davor sei der lange Arm des Gesetzes. Es möge fleißig richten, es möge streng strafen, es möge aus der Welt schaffen, außer Landes, vor allem aber aus dem Blick.

Anscheinend hängt eine überwältigende Mehrheit dem Reich der Justiz vor allem deshalb unbedingt an, weil es eine aller Lebenserfahrung widersprechende, heilbringende Verheißung bietet: Alles wird klar werden, wie in den Krimis, es ist nur eine Frage der Zeit.

Milch und Honig

Nach mehr als zehn Jahren war es ohnehin höchste Zeit für eine Veränderung, eine neue Herausforderung, erklärt Dr. Zellweger, zieht sein Sakko aus, krempelt die Hemdsärmel hoch, entledigt sich der Krawatte, stopft sie in die Aktentasche, streckt sich. Da habe ich dann zufällig diese Ausschreibung gelesen, man hat damals gleich Dutzende Richter auf einmal gesucht.

Sie müssen sich das ungefähr so vorstellen: Nach einer eher langweiligen assessment-center-artigen ersten Runde sitze ich als Bewerber dann dem Präsidenten des Asylgerichtshofes und seiner Stellvertreterin gegenüber, dazu ranghohen Vertretern des Innen- und des Justizministeriums, und ich sage ihnen von vornherein klipp und klar ins Gesicht, ich habe keine Ahnung vom Asylrecht, habe mich nicht speziell vorbereitet, will auch nichts vorspielen, das wäre nicht seriös.

Die nächsten drei Monate, fahre ich fort, bin ich meinem bisherigen Arbeitgeber noch loyal verbunden, dafür bitte ich um Verständnis, ab erstem Juli würde ich mich dann selbstverständlich gewissenhaft einlesen und von meiner Seite alles daran setzen, den immensen Berg von fast fünfundzwanzigtausend anstehenden Verfahren zügig abtragen zu helfen.

Sie dürften wohl einigermaßen beeindruckt gewesen sein, und seither bin ich eben hier.

Die Rechtsmaterie an sich ist, ehrlich gesagt, gar nicht sonderlich aufregend, bin ich bald dahinter gekommen, keineswegs so ungeheuer kompliziert, die Probleme liegen in Wirklichkeit ganz woanders. Man bedarf in erster Linie eines enormen historischen und kulturellen Wissens. Wie lebt man in diesem oder jenem Land? Wie geht man dort mit Minderheiten um? Und ein Gespür muß man haben: Ist nachvollziehbar, was der mir da gerade erzählt, oder nicht? Solche Dinge kann man sich beim besten Willen nicht einfach aus dem Lehrbuch aneignen, aber darauf kommt es in Wirklichkeit an.

Es ist dann auch genau so gekommen, wie ich es mir vorgestellt hatte: Learning by doing. Ich habe mich natürlich sofort ins kalte Wasser, sprich: ins Verhandeln gestürzt, und gleich der erste Beschwerdeführer hat mich so was von überzeugt. Der redet und redet auf mich ein wie ein Wasserfall, für die Abwicklung von Regierungsprojekten sei er zuständig gewesen, erklärt er, und dann fällt ihm eines schönen Tages auf, da werden Gelder abgezweigt. Aber das ist schließlich das Geld des Volkes, nicht der Regierung, sagt sich der Mann, er will es öffentlich machen, prompt wird er verfolgt, muß fliehen, mit knapper Not gelangt er über die Grenze. Ich war echt tief beeindruckt.

Nach den ersten zehn war ich richtig drinnen. Ich hatte zur Vorsicht alle Fälle vertagt gehabt und die Leute dann noch einmal vorgeladen. Mittlerweile wußte ich, bei meinem ersten Kandidaten, der für mein Gefühl alles so einleuchtend dargestellt hatte, stimmte so gut wie gar nichts. Wir haben in dem Land, wo er herkommt, nämlich einen Verbindungsbeamten, also einen österreichischen Mitarbeiter, der sechs bis zwölf Monate durchgehend dort lebt und für uns recherchiert. In diesem Regierungsbüro, wo der Asylwerber nach eigenen Angaben praktisch der Chef war, schaut es ganz anders aus, als er es beschrieben hat, kein einziger der Namen seiner angeblichen Mitarbeiter war korrekt, von ihm selbst hat noch nie jemand etwas gehört dort. Der hat sich die Adresse für seine abenteuerliche Geschichte wahrscheinlich im Telefonbuch herausgesucht, und das war es auch schon.

Ich war zuerst natürlich maßlos enttäuscht, habe aber, das darf ich sagen, schnell gelernt, mich nicht zu ärgern, denen nicht persönlich böse zu sein. Die Leute wollen schlicht und einfach weg, ob ein asylrelevanter Grund vorliegt oder nicht. Sie haben dort oft wenig bis nichts, finden keine Jobs, auch wenn sie vergleichsweise gut ausgebildet sind, setzen ihre ganze Hoffnung auf Europa, also die EU. Das ist legitim von ihrer Seite, aber für mich als Asylrichter ist es eben nicht legitim, darf es nicht legitim sein.

Ich habe hier alle Privilegien der Verfassung, freie Arbeits- und Diensteinteilung, kann mein Ding durchziehen. Weiß ich zum Beispiel, an diesem Abend gehe ich ins Konzert, werde ich eventuell früher Schluß machen und dafür aber am nächsten Tag oder am Wochenende ein paar zusätzliche Stunden im Büro verbringen, schließlich bin ich der Republik verpflichtet.

Ich halte mich konsequent und streng daran, die ältesten Fälle zuerst herzunehmen und sie der Reihe nach abzuarbeiten. Nur Schwerkranke und schwer Straffällige ziehe ich vor, denn es ist schon ein Unterschied, ob wer im Supermarkt eine Flasche Wodka mitgehen läßt oder einer Bande mit hoher krimineller Energie angehört, die nach dem achten, neunten Profieinbruch endlich gefaßt wird.

Unter uns gesagt, natürlich gibt es einen enormen politischen Druck. Man kann es keiner Partei recht machen. Für die einen sind wir zu lax, zu tolerant, für die anderen zu streng, zu gnadenlos. Worin sie sich aber alle einig sind: Schnell soll es auf alle Fälle gehen. Die einen wollen, zugespitzt formuliert, daß möglichst viele schnell dableiben dürfen, die anderen, daß möglichst viele schnell abgeschoben werden.

Zaubern können wir aber nicht. Und gäbe es nur uns Richter und die Schreibkräfte, stünden wir ganz auf verlorenem Posten. Denn bei weitem am wichtigsten hier im Haus, das meine ich jetzt ganz ohne Koketterie, am allerwichtigsten sind die sogenannten juristischen Mitarbeiterinnen und Mitarbeiter. Mit denen steht und fällt buchstäblich alles.

Die machen die Knochenarbeit, die fertigen die Erkenntnisse aus. Ich bespreche das zwar vorher mit meiner juristischen Mitarbeiterin, sage, schau her, da hat es bei der Verhandlung die und die Widersprüche gegeben, und seine Frau erzählt mir dann gar noch eine dritte Variante. Das ist nichts geworden. Und sie macht das dann ganz selbständig, ich brauche es nur noch durchlesen und meine Unterschrift darunter setzen. Nehmen wir jetzt einmal an, da sind zusätzlich noch fünf Kinder zu bearbeiten, die ja auch alle einen Anspruch auf ein eigenes Erkenntnis haben, wenngleich nicht auf ein so ausführliches natürlich, das ist viel viel Arbeit.

Man muß dabei nicht dauernd das Rad neu erfinden, das gebe ich gerne zu, da sind erprobte Formulierungen, ganze Absätze, die rechtlich wasserdicht sind, da setzt man die Namen ein und ergänzt ein bißchen etwas. Aber eine Qualität muß das schon haben. Die Erkenntnisse sind schließlich alle im Internet abrufbar, da steht der Verfahrensgang drinnen, die Rechtslage und die Schlußfolgerungen, Wissenschafter schauen sich das an, eine kritische Öffentlichkeit. Das ist höchst transparent, das muß schon eine Qualität haben.

Und auf Qualität lege ich auch beim Verhandeln selbst größten Wert: Heute vormittag haben wir zum Beispiel einen Fall gehabt, der ist in der ersten Instanz vor allem abgelehnt worden wegen eines scheinbaren Widerspruchs in den beiden Einvernahmen. Einmal soll der Mann ausgesagt haben, er ist in einem Bauernhof festgehalten und gefoltert worden, später war es ein Unternehmen, eine Fabrik, eine Firma oder so. Das ist natürlich auf den ersten Blick tatsächlich unglaubwürdig. Ich frage also meinen Dolmetscher, ob es dafür eventuell eine sprachliche Erklärung gibt. Und tatsächlich, die beiden Wörter für Bauernhof und Firma unterscheiden sich bei denen nur durch ein e und ein i, und die Vokale verschlucken sie soundso gern ein wenig, da hat sich wahrscheinlich der Dolmetscher damals schlicht verhört.

So etwas macht mich dann schon ein bißchen stolz und zufrieden, wenn es sich so leicht auflösen läßt. Der kriegt jetzt einen positiven Bescheid, keine Frage.

Oft kommt das allerdings nicht vor, muß ich da gleich hinzufügen. Was Spruchpunkt eins anlangt, also das klassische Asyl, schaut die Quote bei mir sogar sehr mager aus, vielleicht um die fünf Prozent.

Ich bin auch ehrlich genug zuzugeben, keiner von uns geht ohne Vorurteil in eine Verhandlung, man hat ja schließlich den Akt sorgfältig gelesen. Aber manchmal, selten genug zwar, ich muß es noch einmal betonen, manchmal kommt es dann doch ganz anders. Einer der schlimmsten Fälle, die ich schließlich positiv erledigt habe, war zum Beispiel so einer, wo ich mir vorher gedacht habe: Na bumm, das wird wieder etwas werden.

Der Mensch war ein kleiner Geschäftsinhaber und hat sich mit dem allmächtigen Provinzgouverneur angelegt. Der wollte ein altes, sehr beliebtes Geschäftsviertel niederreißen lassen. Auf der grünen Wiese sollte dafür ein neues, angeblich weit schöneres entstehen. Zu diesem Zweck hat er selbst vorher billigst den entsprechenden Grund erworben, ihn umwidmen lassen, das allein bringt bekanntlich schon eine satte Rendite. Aber damit nicht genug: Für die besseren Plätze am neuen Ort will dieser mit allen Wassern gewaschene, bis hinauf in die Zentrale bestens vernetzte Regionalpolitiker zusätzlich gewaltige Bestechungsgelder einstreifen, schwarz, versteht sich.

Gut, der Beschwerdeführer, wir sagen hier kurz BF, ein eloquenter, für die Verhältnisse dort sogar relativ vermögender, in der Gegend überaus angesehener Herr, wird von den anderen erbosten Geschäftsleuten zu ihrem Sprecher gewählt, man will sich das nicht gefallen lassen. Er setzt also eine große Demo an, am Abend davor wird er prompt überfallen, zusammengeschlagen, entführt und irgendwo auf dem Land mit leichten Verletzungen eingesperrt. Nach zwei Tagen kann er sich selbst befreien, weil er in dem dunklen Schuppen irgendein Werkzeug ertastet, mit dem es ihm schließlich gelingt, das Tor aufzubrechen.

Jetzt kommt die erste Instanz, das Bundesasylamt, und sagt: Der Mann ist unglaubwürdig. Wenn dieser Provinzchef wirklich so mächtig ist und so professionell agiert, wird er seinen Widersacher von den Spezialisten aus dem Innenministerium doch nicht an einen Ort schaffen lassen, wo er Werkzeug finden und sich befreien kann.

Aber um das Einsperren als solches ist es dabei ja überhaupt nicht gegangen. Soll er sich ruhig irgendwann befreien, wenn er geschickt ist, haben die sich wahrscheinlich gedacht, und irgendwo draußen in der absoluten Einöde, vielleicht, was weiß ich, dreihundert Kilometer von der Provinzhauptstadt entfernt, schauen, wo er bleibt.

Der wirkliche Sinn der ganzen Aktion war ein anderer, nämlich erstens: Dieser allseits beliebte Anführer der Protestbewegung sollte keine Gelegenheit haben, bei der Demonstration aufzutreten und eine Brandrede zu halten. Das ist bestens gelungen. Und zweitens ging es um eine deutliche Warnung: Schau, wir können alles, wenn wir wollen. Mach dich besser rechtzeitig aus dem Staub.

Diese Botschaft hat der Mann sehr wohl verstanden. Ist samt der Familie mit einem Touristenvisum zu uns gekommen und hat hier um Asyl angesucht. Er hat sogar, das muß man sich vorstellen, Einzahlungsbelege vorweisen können, Gebühren für eine exklusive Privatschule, wo er seine Kinder im nächsten Jahr wieder hinschicken wollte. Schauen Sie, sagt er zu mir, hätte ich da tausend Dollar oder so eingezahlt, wenn ich von langer Hand geplant hätte wegzugehen?

Erstinstanzlich ist er weiters abgelehnt worden, weil man gesagt hat, der soll sich doch in einem anderen Landesteil außerhalb dieser Krisenprovinz ansiedeln. Jetzt erzählt mir der aber sehr überzeugend, der Provinzgouverneur hat extra Truppen des zentralen Innenministeriums angefordert, um diese schmutzigen Aktionen gegen ihn und die Protestbewegung durchzuführen. Wenn einer aber die Macht hat, auf die Schnelle berüchtigte Spezialeinsatzkräfte aus der fernen Hauptstadt zu kriegen, die den BF entführen und ohne Hemmungen auf friedliche Demonstranten schießen, denn dazu ist es gekommen, dann kann so ein Provinzgouverneur einem das Leben auch im letzten Winkel des Landes ganz am anderen Ende ordentlich schwer machen.

Ich habe darauf gesagt, vielen Dank, ich habe genug gehört. Sie werden einen positiven Bescheid, ein positives Erkenntnis erhalten.

Auf die Gefahr, daß ich mich wiederhole: Das ist einer von den äußerst seltenen Fällen gewesen, wo in der Substanz wirklich was da war. Aber es gibt sie, zweifellos gibt es sie. Das zu leugnen wäre dumm. Ich habe da noch ein zweites gutes Beispiel aus dem gleichen Land, wenn es Sie interessiert: Ein völlig unpolitischer Mann, der gleich zweimal großes Pech gehabt hat.

Wird er von so einem bewaffneten Blockposten angehalten und kontrolliert. Der entdeckt dabei eine völlig harmlose Verletzung am Unterarm, einen besseren Kratzer, fragt den BF, woher. Von der Arbeit, kriegt er zur Antwort, vom Handwerken. Der Posten wird mißtrauisch, fordert ihn auf, mit nach hinten zu kommen. Dort sitzen ein paar einigermaßen Besoffene herum, ebenfalls in Diensten der Verwaltung, offensichtlich ziemlich gelangweilt. Man bespricht sich kurz, dann geht es auch schon los: Zuerst schubsen sie ihn hin und her, scherzen, lachen, reden ihn blöd an, wollen ihn provozieren. Als das nicht funktioniert, greift sich einer von den Kerlen einen Hammer und meint: Wir sind noch viel unfähiger beim Handwerken als du, paß einmal auf! Sie fixieren seine Hand auf dem Tisch und zerschlagen ihm den Daumen. Der ist heute noch stark verformt, furchtbar schaut das aus. Brüllendes Gelächter, dann lassen sie ihn mit schmerzverzerrtem Gesicht gehen.

Jahre später, derselbe Mann ist mit dem Auto unterwegs, ganz woanders übrigens, wieder so ein Blockposten, der Mann zeigt seinen Ausweis, dabei fällt dem Typ sein schlecht vernarbter und ganz verformter Daumen ins Auge. Wieder die Frage, woher er den hat. Die wahre Geschichte kann der BF natürlich nicht sagen, damit reizt er ihn bloß. In seiner Not greift er also wieder zur Erklärung von damals, bei der Arbeit hat er es sich getan, beim Handwerken. Ja, wie genau? Jetzt stottert der Arme herum, was muß man anstellen, damit das da rauskommt, überlegt er krampfhaft, fängt zu schwitzen an, erzählt irgendetwas Patschertes, ich erinnere mich jetzt nicht mehr daran, ist ja auch egal.

Jedenfalls schreit ihn der Posten an: Du lügst, du hast gegen uns gekämpft und bist verwundet worden. Aber das werden wir dir ein für allemal abgewöhnen. Wieder wird er nach hinten verfrachtet, wieder sitzen da ein paar andere, zwar nicht besoffen diesmal, aber genauso brutal. Nehmen sie seine andere Hand, die rechte diesmal, fixieren sie wieder auf dem Tisch, stechen mit einem Bajonett wie verrückt auf sie ein. Die Hand ist heute mit Buckeln übersät, wo die Einstiche waren, Gefühl hat er nur noch in einem einzigen Finger.

Also, man kann es sich vorstellen, der Arme brüllt wie am Spieß. Daraufhin betritt der Kommandant des Postens den Raum, herrscht die Folterer an, sie sollen sofort aufhören, teilt Fußtritte an sie aus, gibt aber auch dem schwer verletzten Beschwerdeführer einen Fußtritt und bedeutet ihm, er soll sich gefälligst schleichen. Ein Hilfsveterinär hat ihn dann in seinem Dorf notdürftig zusammengeflickt.

Wie er das schildert, mit einem Beben in der Stimme, Schweiß auf der Stirn, diese Pein, wie er vor dem Posten da um eine plausible Erklärung ringt, mir war sofort klar, das waren höchst traumatische Erlebnisse. Die Erstinstanz aber meinte zur Begründung der Ablehnung in der Hauptsache sinngemäß, unglaubwürdig, denn wenn die wem eine Hand abschneiden wollen, gelingt ihnen das auch. Das mag schon sein, geschenkt, aber vom Handabschneiden war ja bitte nirgendwo die Rede. Für mich war das also eine eindeutige Sache, besonders wenn ich vergleichsweise in Rechnung stelle, wie ungeheuer mühsam es gewöhnlich mit den Beschwerdeführern gerade aus diesem Land ist:

Erzählen Sie mir doch Ihre Geschichte, bitte. Ja, mich haben sie verfolgt. Wie darf man sich diese Verfolgung denn vorstellen? Ja, mir ist ganz viel passiert. Aha, und was denn, bitte? Ja, das ist schon so lange her. Sagen Sie es mir bitte trotzdem. Aber das steht doch eh alles im Akt. Ich möchte es aber aus Ihrem Mund hören. Ja, was habe ich denn damals genau gesagt? Da steht zum Beispiel, Sie wurden mit Strom gefoltert. Wie ist das denn konkret abgelaufen? Ja, er hat meine Hand genommen und einen Finger in die Steckdose gehalten. Wie bitte? Glauben Sie im Ernst, daß ich Ihnen das abnehme?

So oder so ähnlich spielt es sich meistens ab. Da ist es kein Wunder, wenn zwei erfahrene Richter regelmäßig zu einer gemeinsamen Entscheidung finden. Das heißt ja nicht, daß während der Befragung selbst immer Einigkeit herrscht. Der Beisitzer hat da eine ruhigere, aber eine sehr wichtige Rolle, kann die Leute genau beobachten, während der vorsitzende Richter dauernd Schriftstücke gereicht bekommt, der Schreibkraft etwas diktieren muß, nachfragen, bewerten, auf Ordnung drängen, wenn alle durcheinander reden, und so weiter.

Der Beisitzer wundert sich beispielsweise vielleicht, wenn ich nicht und nicht aufhöre nachzubohren, raunt mir zu, du, das ist jetzt aber ein Mißverständnis, das hat er schon klar beantwortet, das hat er sicherlich anders gemeint. Oder er macht mich im Gegenteil auf einen groben Widerspruch aufmerksam, der mir in der Hitze des Gefechtes entgangen ist.

Es gibt übrigens kaum einen Fall, wo ich nicht vorlade. Das ist ein Prinzip von mir. Ich möchte mit den Betroffenen selber reden, nicht ausschließlich nach der Aktenlage entscheiden. Ich weiß, das halten nicht alle Kollegen gleich, da gibt es sogar ziemlich große Auffassungsunterschiede. Von außen, von außerhalb dieses Hauses, meine ich, wird das auch kritisiert. Ich kommentiere diese Kritik nicht, nur so viel: Für mich sind die Verhandlungen sehr wichtig.

Eigentlich möchte ich am liebsten eine Lösung finden, mit der alle leben können, die Republik, der Betroffene, sein Anwalt, allfällige Zuhörer oder wer auch immer. Dabei weiß ich genau, zu achtzig Prozent und mehr wird mir das nicht gelingen, der will unbedingt dableiben, aber die Fluchtgründe sind nun einmal ein leicht durchschaubares Konstrukt, das geben viele nach der Verhandlung übrigens auch zu, gestehen ein, sie hätten es halt auf gut Glück probiert, man habe ihnen gesagt, Österreich sei ein Land, wo Milch und Honig fließen.

Ich habe schon Fälle gehabt, wo die Verhandlung deshalb nicht stattfinden konnte, weil der Beschwerdeführer am Vortag festgenommen wurde, wegen Einbruch zum Beispiel. Der hat dann später vor mir tatsächlich argumentiert, ihm war von vornherein klar, daß er gehen wird müssen, und da hat er sich eben gedacht, er nimmt noch schnell ein paar Sachen mit nach Hause, für ihn selbst, für die Verwandtschaft, für den Schwarzmarkt. Und dabei ist er halt leider erwischt worden.

Dazu fällt mir noch ein besonders lustiges Beispiel ein: In einem Wiener Luxusviertel hält die Polizei am Abend ein Auto an, mit vier Leuten darin, einer davon BF bei mir. Im Kofferraum findet man so allerhand: Mehrere Stoffsackerl, ein Stemmeisen, einen Vorschlaghammer, Handschuhe, Masken. Da reißt einer von denen die Initiative an sich und sagt: Können Sie uns helfen? Wir wollen in den nächsten Wald zum Steineklopfen. Wie fährt man da am besten? Fragt der Polizist: Wie bitte, Steineklopfen? Und was machen Sie dann nachher mit den Steinen? Antwortet ein anderer: Nichts, ist nur gutes Training für Körper. Und er spannt seinen Bizeps an und grinst. Es ist nichts vorgelegen zu diesem Zeitpunkt gegen die vier, folglich hat man sie ziehen lassen müssen. Aber natürlich denkt man sich seinen Teil, wenn so einer dann vor einem sitzt.

Es kommt auch manchmal vor, daß ich direkt im Straflandesgericht verhandeln muß. Wenn wer länger einsitzt, hat er trotzdem ein Anrecht auf Abschluß seines Asylverfahrens, und ich möchte auch solche Leute persönlich sprechen, bevor ich entscheide. Wir hier sind nicht wirklich für diese Fälle ausgelegt, im Landesgericht tut er sich da schon entschieden schwerer, wegzulaufen oder aus dem Fenster zu springen.

Da habe ich zum Beispiel einmal einen gehabt, der war wegen gewerbsmäßigem Diebstahl unbedingt verurteilt. Der hat beim Interspar im Lager mitten in der Nacht seelenruhig zwei oder drei Stunden Whisky, Cognac, lauter gehobenen Alkohol jedenfalls, eingeladen in sein Auto, auf so einen Pickup oder Pritschenwagen, bis er randvoll war, überall, auch auf den Sitzen, und das alles bei laufender Überwachungskamera. Auch seine Begründung vor Gericht war nicht gerade von schlechten Eltern: Er habe am übernächsten Tag Geburtstag gehabt, bei ihm zuhause werde das traditionell mit einem Riesenfest unter Freunden gefeiert, und weil er nicht genug Geld dafür gehabt hat, ging es quasi nicht anders.

Frechheit siegt, denken sich viele. Oder sie leben wirklich in einer anderen Welt. Ja, es kommt einem schon so manches unter in meinem Geschäft, sage ich Ihnen, was man als Normalbürger einfach nicht für möglich hält.

So, ich glaube, wir haben uns ein kleines Päuschen redlich verdient, was meinen Sie? Mit Cognac kann ich leider nicht dienen, aber wollen Sie einen Kaffee? Ich kann zwar nur einen aus dem Automaten anbieten, aber so schlecht ist der gar nicht. Und vielleicht ein kühles Mineral dazu? Stellen Sie sich ruhig auf eine längere Sitzung ein, falls Sie Zeit haben. Wenn es Sie interessiert, könnte ich Ihnen noch ganz schön viel erzählen.

Schindluder

Wer der Nächste ist? Fragen Sie MICH das? Von wegen: Liebe deinen Nächsten und so? Ist es das, was Sie meinen? Sehen Sie, hab ich mir's doch gleich gedacht, daß Sie darauf hinauswollen.

Das kann ich Ihnen schon sagen, wer in meinen Augen der Nächste ist. Im Alltag eigentlich gar niemand, wenn ich einmal von meiner Familie absehe. Leben und leben lassen! ist meine Devise. Genauso wenig möchte ich übrigens, daß ICH für wen der Nächste bin, Gott bewahre, ich hasse Aufdringlichkeiten. Ich will meinen Frieden, ich tue niemandem was, ich will nicht, daß mir jemand was tut. Ich mische mich nicht ein, und wer anderer soll sich bei mir gefälligst auch nicht einmischen. So einfach ist das.

Jetzt, wenn einer, sagen wir, im Freibad absäuft, dann werde ich natürlich nicht wegschauen. Wenn kein Bademeister in der Nähe ist und sonst keiner reagiert, dann werde ich mich wohl oder übel ganz schnell entscheiden müssen, ob ich mir zutrauen kann, diese Person herauszuziehen oder nicht. Ich bin ein guter Schwimmer, also werde ich wahrscheinlich hineinspringen in so einem Fall. Aber in einen reißenden Fluß werde ich nicht springen, da bin ich mir dann selbst der Nächste, ich lebe nämlich gerne.

Früher hätte ich mir nichts dabei gedacht, wenn da einer eine Autopanne hat. Ich wäre stehengeblieben, hätte gefragt, ob ich helfen kann. Aber heute. Bei den vielen Ostbanden, die eiskalt vortäuschen, daß etwas defekt ist, und einen dann bei Nacht und Nebel ausrauben, einem das eigene Auto wegnehmen, und zum Schluß wird man zum Drüberstreuen vielleicht sogar umgebracht, nein danke. Jeden Tag praktisch stehen solche Dinge in der Zeitung. Nein, jeder hat doch heutzutage ein Handy, denke ich mir, der braucht mich nicht, der kann anrufen und den Pannendienst kommen lassen.

Oder diese ewigen Tränendrüsengeschichten im Fernsehen. Wenn da zwei kleine Kinder eine einzige Nacht bei der Polizei übernachten müssen, weil sie mit dem Vater in der Früh abgeschoben werden, ist gleich der Teufel los bei den Gutmenschen. Menschenrechtsverletzung, Polizeistaat wird da getrommelt, und in den Nachrichten ist so eine Meldung selbstverständlich die erste Schlagzeile. Brutale Trennung von der Mutter, heißt es, weil sie wegen der bevorstehenden Rückführung einen Nervenzusammenbruch erlitten hat und noch hier im Krankenhaus bleiben muß. Dabei ist bei ihnen daheim seit Jahren wieder alles friedlich, aber statt daß sich der feine Herr ordentlich bedankt für die Gastfreundschaft und die Unterstützung, holt er lieber vorsorglich die Kameras, wenn man ihn aus dem Land komplimentieren muß, weil er selbst nicht den Anstand hat zu wissen, wann es genug ist.

Mit dem Geschwafel von der Nächstenliebe wird jedenfalls viel Schindluder getrieben, das können Sie mir glauben. Wenn man so eine Bagatelle nämlich wirklichen humanitären Katastrophen gegenüberstellt, zum Beispiel einem gewaltigen Erdbeben, einer Megadürre, einem Jahrhunderthochwasser, dann kann man nur den Kopf schütteln über diese künstlichen Erregungen. Fremdenfeindlich! Wenn ich das schon höre. So bloßfüßig kann der gar nicht sein und so anders, vom Glauben her, meine ich, und von der Rasse, daß ich mich umdrehe und sage: Pech gehabt!, wenn er nach der Monsterflut neben den Trümmern seiner Hütte hockt und nichts mehr hat als die Fetzen auf dem Leib.

Da bin ich wahrhaftig der letzte, der einfach wegschaut. Da spende ich immer. Das hab ich von meiner Mutter, die hat jeden Schilling zweimal umdrehen müssen damals, so wenig haben wir gehabt, aber für die SOS-Kinderdörfer hat sie jedes Jahr gespendet, jedes Jahr, das weiß ich noch.

Tellerwaschen als Kollaboration

Wo die Gräber sind, ist meinPlatz. Redet Jelena sich das ein, weil sie zu viel Angst, zu wenig Antrieb hat, um ihre schlimme Vergangenheit, ihre trostlose Umgebung endlich hinter sich zu lassen? Als die geschrumpfte Mutter mit ihrem haarlosen Totenschädel schon zu Lebzeiten, ganze einunddreißig Kilo wog sie am Schluß, nach erfolgloser, stoisch ertragener Chemotherapie neben ihren Kindern eingegraben war, wollte auch die Tochter nur noch schlafen. Aber Zorka, ihre beste Schulfreundin, kam zufällig vorbei, um nach dem Rechten zu sehen, man hat Jelena den Magen ausgepumpt, und in der neuropsychiatrischen Abteilung eines Krankenhauses im serbischen Nordkosovo bemühte man sich, ihr einzureden, das ganze Leben noch vor sich zu haben. Man behielt sie längere Zeit dort, ihr Zustand erlaubte es nicht anders.

Auch davor bereits, in den letzten sechs Wochen ihrer Mutter, hatte Jelena die Schule nicht mehr aufgesucht. Wann immer es ging, saß sie im Spital am Krankenbett und hielt ihre Hand. Sie sehnte sich nach Zeichen der Zuwendung und fürchtete sich gleichzeitig davor, denn die gespenstische Distanz zu allem Irdischen, die von Zdenka seit dem Feuer ausging, hatte längst auf ihre Tochter überzugreifen begonnen und am Ende das Verhältnis der beiden nicht nur zur Welt rundum bestimmt. Richtige Zombies seien sie geworden, hatte Bruder Bojan spöttisch, wütend, fassungslos, verzweifelt, roh gemeint.

Jelenas Antriebslosigkeit wollte man in der Nervenklinik nicht nur mit Medikamenten, sondern auch dadurch beikommen, daß man ihr vor Augen zu führen versuchte, welch unbezahlbares Startkapital das fast fertig absolvierte Wirtschaftsgymnasium sei, bloß ein Jahr noch, und sie würde die Matura in der Tasche haben.

Tatsächlich schien sie sich mit der Zeit davon überzeugen zu lassen, diesen Strohhalm zu ergreifen, sie lernte praktisch Tag und Nacht, eher automatisiert zwar und mit erheblichen Konzentrationsschwierigkeiten, aber immerhin. Zorka nahm einmal in der Woche die weite Strecke mit dem Bus auf sich, um Jelena mit aktuellen Unterlagen zu versorgen. Nach insgesamt viereinhalb Monaten Abwesenheit von der Schule schaffte sie, mit etwas Nachsicht des über ihre traurige Lage informierten Lehrkörpers, den Wiedereinstieg.

Inzwischen war sie achtzehn geworden. Von Bojan fand sich keine Spur, als Jelena in ihre feuchte Bruchbude zurückkehrte. Ihr fehlte jede Energie, sich um seinen Verbleib zu bekümmern. Nicht daß er ihr vollkommen gleichgültig geworden war, aber da lagen Welten zwischen den beiden. Mehr und mehr erinnerte er sie an den Vater, auch wenn sie gegen diese fatale Gleichsetzung lange anzukämpfen versuchte, und jetzt, wo die Jammergestalt der Mutter auf dem Sofa für immer verschwunden war, die seinen Eskapaden, seinen Ausbrüchen doch noch unsichtbare Grenzen gesetzt hatte, hätte sich ihr ohnehin problematisches Verhältnis sicherlich weiter zugespitzt. Er war kein Kind mehr, er würde nun selbst zurechtkommen, zurechtkommen müssen.

Sie war nun ebenfalls ganz auf sich allein gestellt. Die kleine Waisenrente reichte nicht wirklich zum Leben, nicht einmal zu einem so zurückgezogenen und anspruchslosen wie dem ihren. Doch der treue griechische UNMIK-Polizist Anastásios, von allen nur Tásos genannt, der trotz seiner jugendlichen dreißig Jahre für Jelena so etwas wie Vatergefühle entwickelt und sie sogar in der Klinik aufgespürt hatte, wußte Rat: Er könne ihr in der Küche des UNMIK-Restaurants, einer besseren Kantine, einen Job als Putzfrau und Abwäscherin verschaffen, in der Nachmittagsschicht, das ließe sich bei etwas gutem Willen mit der Schule vereinbaren.

Für die internationalen Ordnungskräfte zu arbeiten, Jelena war diese Vorstellung überaus angenehm, würde sie doch an einem solchen, quasi exterritorialen Ort den allgegenwärtigen Nationalitätenkonflikt vermutlich nicht gar so heftig zu spüren bekommen. Und mit dem Servierdienst sollte sie Gott sei Dank nichts zu tun haben, als Kellnerin anzufangen erschien ihr nämlich absolut undenkbar. Ohne ein gewisses Maß an Kommunikationsbereitschaft und Menschenzugewandtheit wäre es im Service selbst in einer Polizeigaststätte nicht gegangen, wo es wohl weniger darauf ankam, durch professionelle Freundlichkeit, womöglich gar durch gezielten Einsatz weiblicher Reize den Umsatz zu steigern, wo auch weniger zu befürchten war, sich ohne Unterstützung entschieden auf die Hinterfüße stellen zu müssen, um etwa übergriffige Angeheiterte in die Schranken zu weisen. Mit Kommunikationsbereitschaft und Menschenzugewandtheit aber konnte, wollte Jelena nicht dienen.

Den Putzjob nahm sie an und sie hat es bis heute nicht bereut. Das einfache Lokal bietet vielleicht dreißig bis vierzig Personen Platz, ist am Nachmittag selten mehr als bis zur Hälfte gefüllt, sie muß sich wahrlich nicht überanstrengen. Es gibt hier übrigens auch UNMIK-Polizistinnen und weibliche Verwaltungsbedienstete, das tut der Atmosphäre gut, dämpft die Lust der männlichen Wesen, sich gehen zu lassen. Mit Schule, Lernen und Arbeit ist Jelena jedenfalls ausgelastet, so bleibt weniger Zeit zum Grübeln, sie schläft ein bißchen besser, aber nicht viel.

Einziger gewichtiger Nachteil ist der lange Nachhauseweg auf teilweise nur wenig belebten Straßen. Besonders in den Wintermonaten, wenn es früh dunkel wird, geht das nicht ohne Beklemmung ab. Auch daheim, wo sie sich ganz auf einen einzigen Raum zurückgezogen hat, kann sie sich nie wirklich entspannen. Ein paar kräftige Tritte gegen die morsche alte Eingangstür, und jeder könnte zu jeder Zeit vor ihr stehen. In welcher Absicht auch immer. In ihren Alpträumen ist das bereits mehrfach geschehen.

Vor kurzem war sie schon knapp daran, auf Tásos' Vermittlung ein ordentliches Zimmer zu finden, aber nur Stunden vor der Besichtigung ist sie krank geworden. Sie hat sich ohne Grund so aufgeregt, daß sie hohes Fieber bekam und ihr Kopf zu zerspringen drohte. Als sie zwei Tage später bei der alten Dame anrief, war das Zimmer vergeben.

Unter diesen Umständen grenzt es an ein Wunder, daß Jelena die Reifeprüfung ohne wirkliche Probleme abgelegt hat. Dieses Erfolgserlebnis machte sie aber nicht stolz, eher traurig, denn ihr unbezahlbares Startkapital hilft ihr nicht vom Fleck. Die Arbeitslosigkeit ist extrem hoch, ein halbwegs qualifizierter Büroposten für jemanden wie sie nur mit größter Mühe, allenfalls über private Beziehungen und im serbischen Norden zu bekommen, und würde dieser Glücksfall eintreten, dann hat bestimmt kein Unternehmen ausgerechnet auf ein nervliches Wrack gewartet, das laufend starke Medikamente zu sich nehmen muß und kaum belastbar ist, einmal ganz abgesehen davon, daß sie die fixe Idee hat, sich von den Gräbern um keinen Preis trennen zu wollen. Studieren ist mit ihrem finanziellen Hintergrund praktisch ausgeschlossen, sie glaubt auch nicht, die psychische Konstitution dafür zu haben. Sich längere Zeit auf komplexe Zusammenhänge zu konzentrieren, ist nach wie vor eine Qual für Jelena. Was in der Schule ihre Begabung zumindest teilweise auszugleichen vermochte, an der Universität würde sie davon nicht zehren können. So putzt sie weitere Monate die UNMIK-Küche und lebt auf Sparflamme.

Mitte März, tags zuvor wird in einem anderen Ort ein junger Serbe aus einem vorbeifahrenden Auto angeschossen und lebensgefährlich verletzt, wollen vier albanische Kinder einen Fluß durchwaten, durchschwimmen, so genau wird das nie festgestellt werden. Drei von ihnen ertrinken, eines kann sich retten. Schnell verbreiten albanische Medien das Gerücht, die Buben zwischen neun und dreizehn wären von Serben ins Wasser gejagt worden. Daß die UN-Verwaltung in einer Untersuchung des Vorfalls dafür keine triftigen Anhaltspunkte findet und der einzige Überlebende, schlimm genug, bloß aussagt, sie wären von der Straße aus beschimpft worden, kann nicht verhindern, daß es im ganzen Land zu einer neuerlichen Gewaltexplosion kommt, mit etlichen Toten und vielen Verwundeten auf beiden Seiten.

Nicht wenigen Albanern ist die internationale Verwaltung des Kosovo ein Dorn im Auge. Die UNMIK-Ordnungskräfte sind für diese Leute Organe einer Besatzungsmacht, nicht ganz so schlimm wie einst die Serben, aber lästig genug und vor allem Schutzpatrone der verhaßten Minderheit. Jelena wäre nie auf den Gedanken gekommen, daß Menschen verbohrt genug sein können, ihr Bodenschrubben und Tellerwaschen als Kollaboration, gar als Komplott auszulegen oder als ungerechtfertigtes Privileg, aus Gründen der richtigen ethnischen Zugehörigkeit und des Brustumfanges schnell einen Posten gefunden zu haben, wo rundherum nur Arbeits- und Trostlosigkeit herrschen.

Die Märzunruhen haben dafür Anfällige weiter radikalisiert. Ein junger Albaner aus der nächsten Querstraße, Jelena kennt ihn vom Sehen und wegen seiner blöden Bemerkungen, hat einen Plan entwickelt, dieser UNMIK-Hure einen Denkzettel zu verpassen, den sie so schnell nicht vergessen wird. Die Person Jelenas bietet nahezu ideale Voraussetzungen für ein solches Unterfangen: Sie ist die einzige Serbin weit und breit, alleinstehend, zierlich, jung, hübsch, abweisend, hochnäsig, provoziert die ganze Gegend, indem sie, obwohl man ihren Leuten schon einmal das Dach über dem Kopf angezündet hat, nicht und nicht verschwinden will, und jetzt jobbt sie sogar frech für die ausländische Polizei, für die widerliche, arrogante Besatzungsverwaltung.

Bashkim, selbst arbeitslos und dementsprechend unausgelastet, hat das erkundet, nachdem ihm aufgefallen war, daß sie immer zur selben Zeit an seinem Elternhaus vorbeikam. Einmal schwang er sich aufs Fahrrad und fuhr in einigem Abstand hinterher. Als Jelena schließlich in einem UNMIK-Gebäude verschwand, hatte er genug gesehen. Er weihte drei Freunde in sein Vorhaben ein, und morgen soll es so weit sein, alles ist vorbereitet.

Auch so ein Sonderfall, das Psychische

Ich habe vorher, glaube ich, bei Gelegenheit schon darauf verwiesen, daß bei mir die Quote positiver Erledigung von Beschwerden, was jetzt Spruchpunkt eins anlangt, äußerst dürftig ist, selbst im Vergleich zu den meisten anderen Senaten im Haus. Daran gibt es überhaupt nichts zu deuteln.

Dr. Zellweger schaut bei diesen Worten angestrengt auf den Grund des inzwischen leeren Polystyrolkaffeebechers in seiner Linken und umrundet dessen verstärkten Rand mehrmals sorgfältig im Uhrzeigersinn mit dem rechten Zeigefinger. Dann stellt er ihn abrupt zur Seite und blickt seinem Gesprächspartner fest ins Gesicht, als wollte er dadurch das Gewicht des Folgenden unterstreichen:

Ganz anders aber schaut die Sache bei Spruchpunkt zwei und drei aus. Beim subsidiären Schutz und beim unzulässigen Eingriff ins Familien- beziehungsweise Privatleben liegt unser Senat nämlich klar über dem Durchschnitt, und zwar gleich um einiges.

Steht so ein Hare-Krishna-Anhänger vor mir, der vor Jahren eingereist ist, als in seinem Heimatland plötzlich Haßprediger aufgetaucht waren, die ungeniert dazu aufgerufen haben, Ungläubige wie ihn unschädlich zu machen. Das ist gut belegt, und es war eine Zeitlang tatsächlich ganz schlimm dort, obwohl bei denen gar keine islamistische Regierung am Ruder war. Der Asylgrund war meiner Meinung nach damals also eindeutig gegeben, aber dann hat man sich in seiner Heimat doch aufgerafft, etwas gegen diese verrückten Haßprediger zu unternehmen, die sind aus dem Verkehr gezogen worden, es ist Ruhe eingekehrt mittlerweile, und jetzt steht dieser Mensch also vor mir.

Sechs Freunde, ganz ungewöhnlich ist das, waren mit von der Partie bei der Verhandlung, die sagen unisono aus, das ist der liebste Mensch, voll integriert, beruflich wie privat, Deutsch kann er hervorragend, über sieben Jahre lebt er schon hier. In einer halben Stunde war das erledigt. Sein rechtsfreundlicher Vertreter zieht die Beschwerde gegen Spruchpunkt eins und zwei zurück, ich sage, du hast von Anfang an überall kohärent deine wahre Geschichte erzählt, okay, ein klarer Fall für Spruchpunkt drei, ich reiß dich nicht aus deinem mühsam aufgebauten neuen Leben, und somit erkläre ich deine Ausweisung aus dem Bundesgebiet für unzulässig.

Darauf lege ich nämlich größten Wert: Nicht aufschneiden, nichts ausschmücken, keine Übertreibungen, einfach klipp und klar sagen, wie es war. Da berichtet mir beispielsweise eine zierliche blonde Frau, die einen dunkelhäutigen Mann, einen Tamilen aus Sri Lanka, glaube ich, geheiratet hat, völlig glaubwürdig und sichtlich immer wieder übermannt von starken Emotionen, in ihrem osteuropäischen Herkunftsland, wo sich Neonazis und Skinheads zu einer wirklichen Seuche entwickelt haben, hätten solche Kerle ihren Mann und, in seiner Begleitung, auch sie immer wieder angepöbelt, angespuckt, geohrfeigt und sogar verprügelt. Die Polizei hat aber trotz Anzeigen nichts unternommen dagegen. Als ihm eine solche Bande dann schließlich ein Hakenkreuz mitten in die Brust geritzt hat, haben die beiden alles liegen und stehen lassen und sind auf und davon. So weit, so gut, oder besser: so schlecht.

Sie sitzt zitternd vor mir, ist ganz aufgelöst, heult und heult, er, offenbar ein stilleres Wasser, weil ihm kaum ein Wort zu entlocken war, er tröstet sie unbeholfen, aber liebevoll, und als sie sich halbwegs gefangen hat, kommt gleich die nächste furchtbare Geschichte: Die von den Rechten unterwanderte Polizei habe ihm Rauschgift untergeschoben, um einen Vorwand zu haben, ihn einzusperren. Aber jetzt ist der Ton ganz anders als vorher, nicht wirklich betroffen, sondern merkwürdig neutral, irgendwie leer, verstehen Sie?

Ich hake also gleich einmal nach, sage in aller Ruhe: Liebe Frau, denken Sie jetzt zu Ihrem Vorteil bitte genau nach, stimmt das wirklich, was Sie mir da erzählen? Bricht sie erneut in Tränen aus und gesteht sofort, nein, natürlich nicht, aber alle hätten ihr geraten, in der Verhandlung möglichst dick aufzutragen, weil sie sonst keine Chance hätten. Sage ich: Für mich war das, was Sie da vorher geschildert haben, weiß Gott schlimm genug. Ich habe den Fall dann trotz allem positiv erledigt.

Oft lügen die Beschwerdeführer auf Teufel komm raus, sage ich Ihnen, da macht man sich gar keinen Begriff davon. Ein offenbar selbsternannter Historiker, so hat er jedenfalls seinen Beruf angegeben, behauptet wortreich, eine Regierungsverschwörung aufgedeckt zu haben und deshalb auf der Abschußliste gelandet zu sein. Will ich schlicht wissen: Wer war Julius Caesar? Druckst er herum und doziert dann: Den würde ich nach Rom tun, das muß so um tausend vor Christus gewesen sein. Und die Kreuzzüge? Ja, da haben die Antichristen Rom erobert, nachdem Christus gestorben ist. Und so weiter und so fort, unglaublich, sage ich Ihnen.

Oder ein scheinbarer Kollege von mir: Er sei absolvierter Jurist, behauptet der BF kaltschnäuzig. Frage ich ihn, ob er mir bitte ein Prüfungsfach nennen kann, irgendeines, ganz egal. Antwortet er glatt, sein Studienende liege schon über fünf Jahre zurück, da könne er sich jetzt nicht mehr so genau erinnern, wie man die nennt.

Ich will mich aber beileibe nicht lustig machen über diese Leute. Ich habe schon gesagt, die wollen einfach weg, und da ist ihnen jedes Mittel recht. Nur, neunzig Prozent davon sind das, was man den einfachen Mann von der Straße nennt, oft schlichte Gemüter, durch und durch unpolitisch. So ein Mensch hat, zugegeben, vielleicht auch keine rechte Freude damit, daß die oder jene jetzt die Macht haben, aber eine akute Bedrohung braucht er deshalb nicht fürchten.

Ganz heikel wird es freilich, wenn einer aktiv auf der falschen Seite gestanden ist, und dann heißt es plötzlich, der Friede, die große Versöhnung ist ausgebrochen. Die Machthaber fordern ihre Landsleute in ganz Europa vielleicht sogar ausdrücklich auf, nach Hause zurückzukehren und am Wiederaufbau des Landes mitzuarbeiten. Und ich kriege, passend dazu, in einer seriösen Statistik zu lesen, über dreihundert Asylberechtigte, also Leute, die ohne weiteres noch hierbleiben könnten, sind allein aus Österreich freiwillig dorthin zurückgefahren. Beeindruckend, denke nicht nur ich mir. Das Land gilt wieder als sicher, und das wirkt sich natürlich auf die Spruchpraxis aus.

Aber dann kommt auf einmal einer und behauptet, diese Machthaber mit den freundlichen Nasenlöchern würden sich bloß verstellen, seien in Wirklichkeit gerissene Wölfe im Schafspelz, die Angehörige im ganzen Land erpressen und bedrohen würden, daß die politischen Gegner heimkämen, um sie wieder unter Kontrolle zu haben oder bei Bedarf gar Rache nehmen zu können. Und wenn der Bürgerkrieg auch vorbei ist, sagt er, und ich tatsächlich nicht mehr fürchten muß, auf der Straße von einer verirrten Kugel erwischt zu werden, vor dem Geheimdienst werde ich mich für den Rest meines Lebens fürchten müssen, wenn Sie mich abschieben.

Das muß man alles mitbedenken, und da kann es dann schon schwierig werden, gebe ich zu, auch wenn man das alles, wie gesagt, in der richtigen Relation sehen muß: Neunzig Prozent ziemlich ungefährdete Männer und Frauen von der Straße, und unter den restlichen zehn Prozent sind es ja auch nur einige wenige, wo es derartig kompliziert wird.

Jetzt aber endlich zu dieser Dame da aus dem Kosovo, von der Sie vorher gesprochen haben. Nicht daß Sie das Gefühl bekommen, ich würde ausweichen wollen.

Dr. Zellweger setzt bei diesen Worten ein besonders ernstes Gesicht auf, räuspert sich, greift wieder nach dem leeren Becher.

Wie gesagt, ohne mit der Causa im Detail vertraut zu sein und freihändig Belehrungen austeilen zu wollen, so etwas, und ich gehe jetzt einmal davon aus, daß es auch wirklich stimmt, so etwas muß man sich schon sehr genau anschauen. Das Psychische ist halt auch so ein Sonderfall.

Grundsätzlich würde ich zunächst einmal ermitteln, gibt es da eine innerstaatliche Fluchtalternative? Sie leben in einem Eck, würde ich zu ihr sagen, wo es zugegebenermaßen nicht lustig ist. Da möchte sicherlich niemand wohnen, besonders als Angehöriger einer Minderheit. Aber, na ja, wie wäre es zum Beispiel, wenn Sie nach Belgrad ziehen? Dort haben Sie Ihre Ruhe, genügend Versorgungsmöglichkeiten, auch was die Psychiatrie anlangt.

Natürlich muß man da auch auf die Staatsbürgerschaft aufpassen, ist diese Frau de jure noch Serbin oder doch schon Bürgerin des neuen Staates Kosovo? Hat es da Übergangsfristen gegeben, wo man vielleicht optieren mußte? Völkerrechtlich, muß ich eingestehen, bin ich da überfragt, das wüßte die zuständige Kammer.

Der Europäische Gerichtshof für Menschenrechte sagt zu den psychischen Belastungen oder Beeinträchtigungen, man muß, mit Verlaub, schon fast am Abkratzen sein, daß das relevant wird als Asylgrund. Da ist es natürlich leicht, sich hierzulande einfach hinter der EMRK zu verstecken und abschlägig zu entscheiden.

Für mich persönlich gibt es in solchen Fällen ein ganz zentrales Stichwort: Zumutbarkeit. Ist es zumutbar, daß du dich, so wie du bist, dort wieder einrichtest, wo du herkommst? Die meisten positiven Erkenntnisse bei mir betreffen übrigens nicht zufällig Angehörige von Minderheiten, denn für die ist es eindeutig häufiger unzumutbar.

Ein aktuelles Beispiel dazu: Heiratet ein Schwarzafrikaner in einem bekannt fremdenfeindlichen osteuropäischen Land eine Einheimische, zwei Kinder kommen zur Welt, irgendwann halten sie es nicht mehr aus und beschließen, in den Westen zu gehen. Bei uns wird dieser Mensch aus Nigeria praktisch von einem Tag auf den anderen zum Islamisten, zwingt seine Frau, verschleiert zu gehen, schlägt sie wiederholt, haut dann irgendwann nach Skandinavien ab.

Nicht genug, daß sie mit den beiden doch recht dunklen Kindern jetzt alleine dasteht, es geschieht nur wenig später auch noch etwas Grauenvolles: Ein Augenblick der Unaufmerksamkeit, die Vierjährige verbrüht den kleinen Bruder mit heißem Wasser, der stirbt daran nach langem Todeskampf. Kurz darauf die Verhandlung: Ich sehe auf den ersten Blick die psychische Ausnahmesituation, die nackte Verzweiflung der Frau. Soll ich dieses Häufchen Elend mit der Kleinen, die durch den Unfall sowieso schon einen schweren Rucksack fürs restliche Leben umgeschnallt bekommen hat, soll ich die jetzt in ein Land zurückschikken, wo gegen Dunkelhäutige oft eine regelrechte Militanz herrscht? Nein, die darf dableiben, habe ich gesagt, alles andere ist unzumutbar.

Wenn ich das richtig verstanden habe, gäbe es durchaus Leute aus Österreich, die sich für diese offensichtlich nach wie vor verstörte Dame aus dem Kosovo, von der Sie sprachen, ins Zeug legen würden, auch hierherkommen und in die Verhandlung gehen. Das ist etwas, das ich ganz selten erlebe. Ich freue mich immer, wenn das vorkommt.

Sich nur wenigen öffnen zu können, das ist in diesem Fall, würde ich sagen, ganz normal. Integration heißt ja nicht, daß einer Taufpate von mindestens zwölf einheimischen Kindern sein muß und per du mit dem Burgtheaterdirektor oder einem Staatssekretär. Mir muß auch niemand seinen Partykalender vorlegen, ich zwinge niemanden, hinauszugehen in irgendeine Öffentlichkeit, wenn er dazu nicht in der Lage ist. Hat er Deutsch nicht im Kurs gelernt, sondern vom Lesen oder durch den Fernseher, ist es mir genauso recht.

Entsetzlich ist es aber, seien Sie mir nicht böse, wenn Leute sieben Jahre da sind und in der ganzen langen Zeit nichts, aber auch gar nichts dafür tun, sich auch nur ein rudimentäres Deutsch anzueignen. Ich sage langsam und deutlich: Nehmen Sie sich bitte ein Glas Wasser. Sitzt der vor mir wie ein Ölgötze und schaut den Dolmetscher an, mit einem Blick, der quasi ausdrückt: Was will dieser Mensch da oben von mir? Ich erwarte bei Gott nicht, daß ich mit jedem über Goethe philosophieren kann, aber ein Minimum an Alltagssprache gehört für mich einfach zum Integrationswillen.

Wie gesagt, eine Frau mit dieser Aktenlage nicht vorzuladen, wenn eine Beschwerde gegen die erste Instanz vorliegt, für mich persönlich ist so etwas komplett ausgeschlossen. Aber das liegt natürlich in der Hoheit des Kollegen oder der Kollegin, muß ich sagen. Und diese Unabhängigkeit ist andererseits das Fundament unserer Arbeit.

Kleinere oder größere Blessuren

Kurt hat sich leidlich eingelebt in Yorkshire. In der Quäker-Schule traf er auf einige weitere junge jüdische Flüchtlinge aus Österreich. Zwei von ihnen machten ihn bald mit der spannenden Gedankenwelt des Kommunismus vertraut, dem, wie sie meinten, allein zuzutrauen war, die Faschisten überall in Europa so richtig das Fürchten zu lehren und nach ihrer unabwendbaren Niederlage eine menschliche Weltordnung zu schaffen.

Unter den dreien wird viel politisiert, und da Kurt schon seit der Volksschulzeit Tagebuch führt, finden sich diese hitzigen Diskussionen dort in einiger Ausführlichkeit reflektiert. Erstaunlich kluge, im nachhinein zum Teil geradezu prophetische Einschätzungen der politischen Großwetterlage wechseln sich ab mit diversen Schulgeschichten sowie schwärmerischen Notizen über die irgendwann in der Zukunft unweigerlich bevorstehende Weltrevolution und ein sehr gegenwärtiges Mädchen, denn streng, aber doch nicht vollständig getrennt von den Burschen werden hier auch weibliche Wesen unterrichtet. Für exakt eine Stunde nach der sonntäglichen Quäkerversammlung ist die Brückensperre, das Ventil geöffnet, Männlein und Weiblein dürfen dann gemeinsam im umzäunten Park lustwandeln, der von einem an den Ufern mit dichtem Buschwerk bestandenen, auch sommers eiskalten Fluß in zwei die Geschlechter zuverlässig trennende Hälften geteilt wird.

Dagegen nimmt das weiterhin ungewisse Schicksal der Daheimgebliebenen vergleichsweise wenig Raum ein in Kurts Aufzeichnungen. Inzwischen ist Ende Oktober wenigstens auch seine Schwester glücklich in Großbritannien eingetroffen, ihr kam die Mitgliedschaft bei den Pfadfinderinnen zugute. Wieder war es der Mutter zugefallen, die Initiative zu ergreifen, berichtete ihm Klara in ihrem ersten Brief von der Insel. Über eine arische Freundin kontaktierte Frau Lippmann die Girl Scouts, denn längst konnte sie sich nicht mehr sicher sein, daß ihre Post von den Machthabern ungelesen blieb. Klara befindet sich im Moment oben in Schottland in der Nähe von Glasgow, es geht ihr den Umständen entsprechend gut.

Verhältnismäßig gut dürfte es auch den Eltern gehen, regelmäßig schicken sie den Kindern Briefe von zuhause, längere handgeschriebene die Mutter, für Kurt immer eine Spur zu persönlich und vor allem zu fürsorglich, kürzere der Vater, maschingeschrieben, sachlicher, dann und wann mit Augenzwinkern, wie es eben seine Art ist. Ob Kurt beim Rugbyspielen schon kleinere oder größere Blessuren davongetragen habe, will er zum Beispiel wissen, ob er mit der neuen, lange ersehnten Fotokamera, die er ihm kurz vor der Abreise geschenkt hat, eh viel Freude habe. Du hast sie doch wohl noch nicht verloren, alter Schlamphans?

Das Leben daheim schien, allen Einschränkungen zum Trotz, beinahe wie gewohnt weiterzugehen. Kurt solle sich jedenfalls keine Sorgen machen, betonte die Mutter mehrmals, der Vater habe ausreichend Patienten, man komme schon über die Runden. Kein Wort allerdings darüber, ob und wenn, wann sie selbst die Zelte abzubrechen gedächten.

Als Kurt dann eines Abends im März darauf ihre Ankunft in England telegraphiert erhält, ist er völlig von den Sokken. Und keine zwei Tage später stehen die beiden auf der Durchreise nach Schottland zu Tochter Klara tatsächlich leibhaftig vor dem Internatstor.

Seit dem zehnten November, also fast vier Monate, sei er im Gefängnis gesessen, eröffnet ihm der Vater sprudelnd, noch bevor sie sich einen Platz zum Hinsetzen gesucht haben. Gleich am Morgen, nachdem überall im Land die Synagogen gebrannt hatten und die Scheiben jüdischer Geschäfte zu Bruch gegangen waren, habe ihn die Gestapo direkt aus der Praxis abgeholt. Dabei könne er noch von

Glück reden, es hat dabei auch Tote gegeben, und um ein Haar wäre er wie andere nach Dachau überstellt worden, in das gefürchtete Konzentrationslager bei München.

Und warum habt ihr mir davon kein Sterbenswörtchen geschrieben?

Was hätte es für einen Sinn gehabt, dich zu ängstigen? Du hättest von hier aus doch nichts unternehmen können.

Es stellt sich heraus, daß die mit Schreibmaschine verfaßten scheinbaren Vaterbriefe allesamt von der Mutter erdacht und getippt waren, einzig um Kurt vorzugaukeln, daheim wäre alles in bester Ordnung. Du kennst doch meine miesen Schreibmaschinkünste, lacht der Vater, da werde ich doch kein Masochist sein und freiwillig einen Brief nach dem anderen an dich herunterklappern. Mutter hat die ganze Zeit gefürchtet, du würdest es merken, aber zum Detektiv bist du anscheinend nicht geboren.

Eine kurze Pause entsteht, in der sich die Miene des bisher so aufgekratzten Vaters schlagartig verändert. Er wird ernst und muß ein paarmal schlucken, wie er das immer macht, wenn er gerührt ist. Sie ganz allein hat mich, hat uns gerettet, erklärt er dann und streicht der Mutter mit dem Rücken des Zeigefingers über die Wange. Großartig war sie.

Als so gut wie sämtliche Staaten auf der Welt bereits die Rollbalken für jüdische Flüchtlinge heruntergelassen hatten, verbreitete sich unter den Verzweifelten das Gerücht, im von den Japanern besetzten China sei in der Region um Shanghai eine Art internationale Zone etabliert worden, die allen offenstehe. Die Mutter hatte es irgendwie bewerkstelligen können, zwei Fahrkarten für eine Schiffspassage dorthin zu ergattern, auf gut Glück, denn der Vater saß immer noch ein, und es stand in den Sternen, ob er trotz erfüllter Voraussetzungen für die sogenannte Emigration am Ende das Gefängnis verlassen dürfen würde. Um den Fahrpreis zu berappen, mußte sie sogar, da das Bargeld schon ziemlich knapp war, das schöne Ölbild aus dem Wohnzimmer weit unter Wert verkaufen. Sie hatte sich dabei ertappt, für einen kurzen Moment in einen veritablen Gewissenskonflikt geraten zu sein, denn es war ja unmöglich, Richards Placet dazu einzuholen. Unsinn, wischte sie ihre Bedenken weg, wo wir doch so gut wie nichts mitnehmen können, was uns lieb ist, schon gar nicht die Wienerwaldlandschaft aus dem Biedermeier.

Und wieso seid ihr dann jetzt hier in England und nicht in Shanghai oder zumindest auf dem Weg dorthin? Kurt kommt aus dem Staunen nicht heraus.

Vor mittlerweile bald vier Monaten schon ist Mutters Schwester Elvira, eine kurz nach dem Einmarsch der Deutschen aus dem Krankenhaus gefeuerte Oberärztin, auf ähnlich verschlungenen Wegen wie jetzt die Eltern nach Großbritannien gelangt. Während die Mutter daheim alle Hebel in Sachen Shanghai und Freilassung ihres Mannes in Bewegung setzte, organisierte Elvira parallel dazu von Edinburgh aus für ihre Schwester einen Job als Gesellschaftsdame bei einer stinkreichen schottischen Lady, die gar nicht einsam war, dafür aber gefällig.

Die Schiffspassage nach Shanghai führte über einen englischen Hafen, sodaß die Eltern dort ungehindert von Bord gehen konnten, der Vater als Gatte einer mit Arbeitserlaubnis ausgestatteten Ausländerin allerdings nur unter strengem Vorbehalt. Man gab es ihm schriftlich, daß er das Land zu einem vom zuständigen Minister festzusetzenden Zeitpunkt unverzüglich wieder verlassen müsse.

Von Pontius zu Pilatus sei die Mutter in Wien gerannt, schwärmt der Vater weiter, um die vielen Dokumente zusammenzubekommen, die Voraussetzung für seine Entlassung aus dem Gefängnis waren. Zuletzt wäre es fast noch an einer fehlenden Bestätigung gescheitert, alle Steuerschulden beglichen zu haben, und äußerst knapp nur erreichten sie nach langer Bahnfahrt mit ein paar Koffern das Schiff. Mehr durften sie nicht mitnehmen.

Eroberte Jungfrau

Sie sitzen im unbeleuchteten Auto, der Motor ist abgestellt. Es ist Viertel nach sechs vorbei, die Dämmerung hat eingesetzt. Noch fünf bis zehn Minuten, sagt Bashkim. Als sie dann tatsächlich kommt, geht alles ganz schnell. Vier Autotüren öffnen sich, vier Männer springen heraus. Der Ansatz eines Schreis wird erfolgreich erstickt, von hinten Hand vor den Mund, von vorne Tritt in den Bauch. Jelena krümmt sich vor Schmerzen, wunderbar, so läßt sich die Hure wenigstens halbwegs bequem hinten im Wagen verstauen. Und los geht's mit quietschenden Reifen.

Der mit dem Messer links neben ihr auf der Rückbank grinst breit. Von dem, was sie während der Fahrt reden, würde Jelena ohnehin nur Bruchstücke verstehen, sie bekommt aber gar nichts mit, weil sie benommen ist, weil sie unter Schock steht, weil sie abschaltet, weil sie spürt, was ihr bevorsteht.

Erst als sie längst die schlecht ausgebaute Landstraße unter den Rädern haben, dreht Bashkim sich auf dem Beifahrersitz um und verkündet ihr knapp in beiden Sprachen, man werde sie umbringen, und zwar jetzt gleich. Es geht ziemlich steil bergauf, nimmt Jelena beiläufig wahr, viele Kurven. Sie hat schon abgeschlossen, sie weint nicht, wozu auch, nur schrecklich übel ist ihr, nicht nur vom sportlichen Fahrstil. Der Wagen biegt schließlich in eine nicht asphaltierte Seitenstraße ab, eigentlich einen besseren Karrenweg, dann hält er endlich im Nirgendwo an, wo ein schmaler Pfad abzweigt.

Die Nacht wird sternenklar sein, noch liegt letztes Tageslicht über der Landschaft, im Westen verabschiedet sich gerade das Abendrot. Warm ist es, zu warm für die Jahreszeit. Jelena soll mitkommen, der Pfad führt direkt in die Büsche. Sie schafft es aber nicht einmal, selbständig auszusteigen, und als sie gewaltsam herausgezogen wird, sackt sie in sich zusammen, bleibt liegen, hustet, würgt, dreht sich zur Seite. Die vier stehen daneben, rauchen, diskutieren, lachen verkrampft. Alles hat wie am Schnürchen geklappt, ab sofort haben sie keinen Grund zur Eile.

Liegt sie zehn Minuten so da oder eine Stunde? Jelena hat keine Ahnung. Sie rührt sich nicht, hält die Augen geschlossen, will Zeit gewinnen. Nein, so kann man das nicht sagen, sie will vielmehr ganz aus der Zeit treten, diese letzten Momente in der Schwebe festhalten, ehe kommt, was kommen muß. Wie gut der Boden riecht. Irgendwann spürt sie eine Schuhspitze im Genick, tastend, sie zeigt keine Reaktion. Sie gießen ihr Wasser über den Kopf, Jelena sucht sich mit den Armen zu schützen. Es reicht, keine Mätzchen mehr, meint Bashkim und zieht sie grob mit einem Ruck hoch.

Der Weg ist nicht weit, fünfzig, hundert Meter durchs Gebüsch vielleicht. Ausgetreten von Leuten, die den famosen Ausblick genießen wollten, tief unter ihnen die imposante Schlucht. Vor der Geländekante hält der kleine Zug. Da hinunter werde man sie später stürzen, wird ihr eröffnet. Doch vorher solle sie noch auspacken. Bashkim deutet auf den schmächtigsten der vier Entführer: Sag's ihr.

Die serbische Armee hat meinen Vater umgebracht.

So viel Albanisch versteht Jelena. Aber sie registriert diesen gepreßten Satz nur beiläufig, denn ihre Gedanken sind bei der Ankündigung hängengeblieben, auf welche Weise sie ihr Ende finden wird. Von Vergewaltigung war nicht die Rede, registriert sie erfreut, ja, wirklich erfreut. Sie hat sich also getäuscht, sie wird bloß eine Zeitlang fallen, fliegen und dann zerschmettert werden. Weiterleben, weiterwursteln wie bisher oder dieser klare Schlußpunkt, es macht nicht viel Unterschied. Sie spürt, wie die Panik nachläßt.

Hörst du schlecht? Deine beschissene serbische Armee hat meinen Vater auf dem Gewissen! legt der Kerl nach, diesmal in Jelenas Muttersprache und mit sich überschlagender Stimmbruchstimme. Ist er wirklich noch so jung? denkt sie kurz und dann: Meine beschissene serbische Armee hat also deinen Vater auf dem Gewissen. Sehr wahrscheinlich wird der sich freiwillig der UÇK oder einer anderen von diesen Freischärlertruppen angeschlossen haben, da muß man den Tod einkalkulieren, meine Geschwister aber waren drei und vier Jahre alt, als man ihre kümmerlichen Reste im schwarzen Plastiksack aus den Trümmern barg.

Vielleicht hätte es sogar Eindruck auf die jungen Männer gemacht, wenn sie das laut gesagt hätte, vielleicht hätte es sie auch nur provoziert. Müßig zu spekulieren, sie sagt es nicht. Wie ist sie diesen ewigen Kreislauf von Gewalt und Gegengewalt satt, diese abstoßenden Männerrituale, dieses öde Gewäsch von Ehre und Rache, diese Macht- und Kriegsspiele.

Daß sie frech jede Antwort verweigert, wollen die Entführer nicht länger hinnehmen, auch wenn ihr bisher noch keine richtige Frage gestellt wurde. Bashkim schlägt Jelena deshalb dosiert ins Gesicht.

In einem günstigen Moment könnte ich mich umdrehen und einfach loslaufen, keine zehn Schritte sind es bis zum Abgrund, überlegt sie. Ende nächster Woche, wenn sie mit zitternden Händen das Glas Varikina-WC-Reiniger an den Mund führen wird, wird sie sich mehr wundern als ärgern, diese Gelegenheit verpaßt zu haben. Jelena wird es auf etwas schieben wollen, aber es wird ihr nichts einfallen.

Du sagst uns jetzt, was du weißt.

Ich weiß nichts, haucht Jelena.

Der nächste Schlag ins Gesicht, schon etwas fester diesmal.

Du arbeitest doch für die UNMIK, oder willst du das abstreiten?

Ich putze die Küche und das Klo.

Die vier sind jetzt leicht irritiert. Welche Art von Beschäftigung das sein könnte, darüber hatten sie vorher nicht so konkret nachgedacht, mit Spionage und Sex jedenfalls würde es irgendwie zu tun haben.

Trotz der Verunsicherung halten sie sich aber weiter an das Drehbuch. Schließlich dient dieser erste Akt der aufwendigen Inszenierung vor allem der Vorbereitung und Motivierung des zweiten, wird sich der eine oder andere dabei denken, auch wenn es keiner offen zugeben würde.

Was planen die Serben, spuck es aus? Eine neue Untergrundorganisation soll im Aufbau sein, heißt es. Was weißt du darüber?

Die Burschen können weit besser Serbisch als Jelena Albanisch, aber sie herrschen sie konsequent albanisch an. Die letzte Frage hat sie nicht richtig verstanden. Das trägt ihr einen neuen Schlag ins Gesicht ein.

Das Verhör bleibt unergiebig. Fragen. Nein, nichts, weiß nicht, keine Ahnung als Antworten, oft gar nur Schweigen. Wieder Schläge. Lästiges Gewinsel. Zusammensacken. Eine neue Zigarettenpause. Ein kräftiger Schluck für jeden aus der mitgebrachten Wodkaflasche. Sie stehen jetzt ziemlich unentschlossen um das Häufchen Jelena. Die liegt, Beine angezogen, auf der Seite wie ein Embryo.

Gut, dann werden wir eben andere Saiten aufziehen müssen, befindet Bashkim jetzt und tritt energisch die Glut seines Zigarettenstummels aus. Er scheint eindeutig der Anführer zu sein. Ein Zeichen, sie packen Jelena an Armen und Beinen, schleifen sie an den Rand des Abgrunds, werfen aber dann nur ihr Mobiltelefon in die Schlucht. Man hört es nicht aufschlagen. Dann reißt man sie hoch, wortlos geht es zurück zum Auto, zwei vor, zwei hinter ihr.

Von dem, was ab nun bis zum folgenden Morgen passiert, werden kaum Erinnerungen bleiben: erneut eine lange Fahrt, wieder die Übelkeit, diesmal dröhnt zu allem Überfluß albanische Popmusik aus den Autolautsprechern. Ein kurzer Zwischenstop, Jelena muß sich am Straßenrand übergeben. Endlich ein einsames altes einstöckiges Haus, wohl eine Art Bauernhof, in einer fremden Gegend weit weg von jeder Zivilisation, soweit sich das im Finstern überhaupt erkennen läßt. Jelena wird die Stiege hinaufgestoßen und in ein Zimmer gesperrt. Keine weitere Gewalt. Wenn du aufs Klo mußt, klopf einfach laut, bis wer kommt. Das Auto entfernt sich. Stille.

Irgendwann bemerkt Jelena, daß ihr die Handtasche fehlt, daß ihr die Medikamente fehlen. Irgendwann schläft sie trotzdem ein. Ein paarmal schrickt sie auf, wie sonst in der Nacht.

Am Morgen klopft sie erst spät, trotz langem Wachliegen, trotz voller Blase. Einer der vier öffnet ihr, bringt ein Frühstück, Kaffee, Wasser, Weißbrot, fette Wurst. Er redet nicht, sie redet nicht. Er scheint alleine im Haus zu sein, jedenfalls ist sonst nichts zu hören und zu sehen. Von ihrem Fenster im ersten Stock aus sieht sie kein einziges anderes Gebäude, vielleicht am Berghang weit hinten, aber sicher ist sie sich nicht, es ist ziemlich diesig draußen. Brot und Wurst rührt sie nicht an, sie trinkt schwarzen Kaffee, sie trinkt Wasser.

Der Kerl ist gegangen, hat zugesperrt hinter sich. Sie kauert sich wieder auf das kurze mattgelbe Sofa, nichts geschieht. Später wird man Jelena fragen, ob sie in dieser Phase nicht an Flucht gedacht habe, an die Möglichkeit, mit dem einzigen Bewacher irgendwie fertigzuwerden. Sie wird aussagen, sie habe, bis alle wieder da waren, an gar nichts gedacht. Stunden vergehen.

Es ist aber noch hell, als die anderen eintreffen. Wir haben dir etwas mitgebracht, meint Bashkim und hält ihr eine kalte Pizzaschnitte hin. Deren Geruch läßt in Jelena sofort wieder eine eklige Übelkeit aufsteigen. Sie hat seit dem Vortag nichts Eßbares zu sich genommen.

Habt ihr meine Tasche, meine Tabletten? fragt sie. Einer geht wortlos hinunter und holt sie aus dem Auto. Jelena schluckt fünf Stück von drei Sorten.

He, nicht gleich so viel!

Das ist meine Dosis.

Sie gewinnt den falschen Eindruck, den jungen Männern wäre heute vielleicht doch mit gutem Zureden beizukommen. Inzwischen müßte auch dem Dümmsten unter ihnen klar geworden sein, daß sie mit Politik nichts, aber auch gar nichts am Hut hat. Sie deutet die Pizzaschnitte, die widerspruchslos ausgehändigte Handtasche als Zeichen eines anderen Umgangs mit ihr, als womöglich ersten vorsichtigen Schritt, sich aus der Affäre ziehen zu wollen. Jelena überlegt, ob sie die Initiative ergreifen soll, und sagt dann, ohne ihnen in die Gesichter zu schauen: Ihr braucht mich nur zum nächsten Bus bringen, niemand erfährt etwas.

Willst du dich waschen? Bashkims Antwort ist eine unerwartete Frage. Jelena nickt. Steigt er ein auf ihren Vorschlag?

Der, der die Nacht über da war, begleitet sie zu einem Waschbecken unten in der Küche, reicht ihr ein zerschlissenes Handtuch. Vielleicht gehört ihm oder seinen Leuten dieses Haus. Sie wäscht sich die Unterarme und die Hände, schaufelt sich literweise kaltes Wasser ins Gesicht, reibt sich die Augen. Mittlerweile ist Bashkim nachgekommen. Er lehnt im Türstock, raucht eine Zigarette. Am besten ganz waschen, sagt er jetzt betont lässig und auf serbisch, sonst machen es wir.

In Jelena schrillen die Alarmglocken. Gestern unmittelbar nach der Entführung war sie sich sicher gewesen, die waren auf eine Vergewaltigung aus. Oben am Berg dann ging es ihnen anscheinend ausschließlich um Politik, den jüngst im ganzen Land wiederaufgeflammten serbisch-albanischen Konflikt. War die aufwendige Aktion von gestern nacht womöglich nur geschickte Tarnung, um dem ganz gewöhnlichen schmutzigen Mißbrauch ein Mäntelchen umzuhängen? Wozu aber die Mühe, wenn sie sie am Ende doch umbringen würden? Um ihr wehrloses Opfer auf unterschiedlichen Ebenen und möglichst lange sadistisch zu demütigen, zu quälen?

Oder war das mit dem Umbringen vielleicht gar nicht wirklich ernst gemeint? Würden sie sie irgendwann einfach laufen lassen, nach Gebrauch wegwerfen? Dann wäre die Botschaft des Verhörs von gestern: Nur ja keine Anzeige, wir haben dich nicht gefickt, weil du eine schöne Frau, sondern nur, weil du eine dreckige Serbin bist. Das war ein politisches Statement und sonst gar nichts, verstehst du? Bekommen wir deswegen Schwierigkeiten mit der Polizei, werden dir unsere Leute die Hölle heiß machen.

Diese vom Adrenalinausstoß gespeisten Sekundenbruchteile absoluter Wachheit, absoluter Klarheit. In Nullkommanichts die Situation analysieren, Schlüsse ziehen können, zu einem überzeugenden Resultat gelangen. Jelena weiß jetzt, wie der Hase läuft. Sie hat sich aufgerichtet, trocknet ihr Gesicht, tupft es ab. Dann läßt sie sehr langsam die Arme sinken, hinter dem Handtuch taucht ihr Kopf auf. Sie schaut zu Boden.

Es klingt nicht flehentlich, sondern geradezu sachlich nüchtern, wenn sie jetzt mit leiser Stimme bittet: Laßt mich gehen, ich bin krank. Und ich habe noch nie etwas mit einem Mann gehabt. Sie hat es gesagt, das war sie sich schuldig, Hoffnung macht sie sich keine.

Umso besser, grinst Bashkim. Dann werde ich dich eben genauso erobern, wie wir unser Land erobert haben. Als Jungfrau kommst du serbische Hure hier jedenfalls nicht heraus, darauf kannst du Gift nehmen.

Das Jüngste Gericht

Wo sich wohl die dazugehörigen Menschen jetzt befinden? wiederholt Rechtsanwalt Wilfried Roither die eher rhetorisch gemeinte Frage und zieht dabei die buschigen schwarzen Augenbrauen hoch, die in auffälligem Gegensatz zu seinem grauen, fast weißen, elegant gestutzten Bart stehen. Das ist ausnahmsweise einmal leicht zu beantworten. Die Akten von abgeschlossenen Verfahren, ob positiv, ob negativ, kugeln im allgemeinen nicht mehr auf meinem Schreibtisch herum oder da auf dem Boden, die sind ins Archiv gewandert.

Nur für unser Treffen heute habe ich diese paar schönen Musterbeispiele von endgültig Abgelehnten herausgesucht, mit denen wir uns vorher beschäftigt haben, die Leute dahinter sind natürlich längst abgeschoben, manche, wie gesagt, auch in den Untergrund gegangen. Keine Ahnung, wie es denen geht. Was man sonst hier sieht, ist alles in der Schwebe. Und die Betroffenen warten und warten und warten. Zwar gestalten sich die Abläufe bei neuen Verfahren jetzt eindeutig schneller, vergleichsweise rasant sogar, aber diese Straffung, diese Effizienz geht halt zum überwiegenden Teil auf Kosten der Rechtsstaatlichkeit, jedenfalls nach meinem Dafürhalten.

Das strukturelle Muster dieses ganzen Procedere, lachen Sie mich jetzt bitte nicht aus, scheint mir höchst auffällige Parallelitäten zu jenem zu haben, das dereinst am Ende der Tage beim Jüngsten Gericht angewendet werden soll, zumindest wenn es nach der Bibel geht, die ja nicht gerade für ihre demokratische Grundhaltung berühmt ist. Übrigens nenne ich den Asylgerichtshof, nicht bloß weil vor kurzem erst gegründet, in Kollegenkreisen manchmal gern ebenfalls das Jüngste Gericht. Halb im Scherz und halb, weil er mir, nur leicht zugespitzt, tatsächlich wie ein weltliches

Pendant dazu vorkommt. Warum, das werde ich Ihnen jetzt gleich erklären, wenn Sie nichts dagegen haben:

Da sitzt also eine ausgesprochene Zweieinigkeit, der Senat, hoch oben auf dem Thron und scheidet nach Gutdünken die Kandidaten. Die einen dürfen in den Himmel, sprich: in unser paradiesisches gelobtes Land, die anderen müssen zurück, wo sie einst herkamen, sagen wir einmal verkürzt und ein bißchen salopp: in die Verdammnis. Und wieder andere drehen ein paar Ehrenrunden im Fegefeuer, sitzen oft zwangsweise für viele Jahre untätig auf Nadeln, holen sich womöglich eine Abfuhr nach der anderen, und zumindest für diejenigen unter ihnen, denen bei einer jederzeit möglichen Abschiebung reale Gefahren in ihren Ursprungsländern drohen, kann das durchaus Höllenqualen bedeuten.

Wenn ich die biblische Vorstellung noch richtig im Kopf habe, haben die Fegefeuerinsassen am Ende der Tage trotzdem ganz gute Karten, und das wortwörtlich, weil sie nach einer gewissen Zeit der schmerzhaften Buße die Eintrittskarten in den Himmel sicher haben. Auf Erden, jedenfalls bei uns, ist das ganz anders. Wer hier neun, sieben oder meinetwegen auch nur fünf Jahre geduldig und in sein Schicksal ergeben auf eine endgültige Entscheidung wartet, sich vielleicht längst perfekt integriert hat, kriegt so ein Ticket trotzdem meistens nicht.

Da kann es dann schon passieren, daß uniformierte Racheengel ohne Vorwarnung ausrücken, in die Einschicht hinausfahren und so eine Fegefeuer-Familie samt ihren in Österreich geborenen, hier eingeschulten Kindern gegen den erklärten Willen der Nachbarn, des Bürgermeisters, des Pfarrers, der Lehrerin, ja ganzer Dorfgemeinschaften zu nachtschlafener Zeit um vier oder fünf in der Früh rüde aus den Betten zerren, damit die Hüter der Ordnung bei ihrem Tun nur ja nicht von aufgebrachten Bürgerinnen und Bürgern behelligt werden, wenn sie diese Leute mit einem gezielten Fußtritt aus dem Land befördern.

Da kann es schon passieren, daß hier aufgewachsene Vorzugsschülerinnen von Einsatzkräften zwecks sofortiger Abschiebung eines schönen Vormittags direkt aus ihrer Klasse im Gymnasium herausgeholt werden, während sich die Politik gleichzeitig den Kopf darüber zerbricht, wie sich eine geordnete Zuwanderung begabter Köpfe am besten organisieren ließe.

Da kann es schon passieren, daß wildfremde Privathäuser nachts einfach von der Polizei überfallen werden, weil man sich einbildet, irgendein untergetauchter Abzuschiebender könnte sich dort unter Umständen versteckt halten. Wirklich konkrete Anhaltspunkte sind für so eine Aktion, wie die Praxis belegt, nicht vonnöten. Das vom Gesetz wohlweislich geschützte Hausrecht wird dabei ungeniert einfach aus den Angeln gehoben, gilt es doch, mit aller Macht ein scheinbar übergeordnetes, grotesk fetischisiertes abstraktes Gut zu sichern, nämlich das eines geordneten Fremdenwesens, und zwar um beinahe jeden Preis.

Mich, den ehemaligen Studenten der Germanistik und der Kunstgeschichte, erinnert das alles natürlich frappant an die vielen beeindruckenden Darstellungen des Jüngsten Gerichtes und seiner Folgen in der Literatur sowie, mehr noch, in der Bildenden Kunst. Fast immer wird darin übrigens das Quälen der Verdammten wesentlich packender geschildert als die ewige Seligkeit. Da steht man dann fasziniert vor so einem großformatigen Gemälde, konzentriert sich auf ein Detail und fragt sich, was jeder dieser unzähligen, so phantasievoll gefolterten Nackten wohl konkret verbrochen haben muß, daß der Richter über die Lebenden und die Toten ihn so unvorstellbar grausam abstraft.

Im Laufe der Jahre hat man die Rechtsmittel derart massiv reduziert, daß dem Bundesasylamt, vor allem jedoch den Richtern des Asylgerichtshofs fast schon göttliche Allmacht übertragen wurde. Der Weltenherrscher Jesus Christus muß sich für seine Richtsprüche bekanntlich auch vor keiner höheren Instanz rechtfertigen, und es scheint mir in diesem Zusammenhang schon bemerkenswert, daß der Zeitpunkt des Jüngsten Gerichtes im Anschluß an einen mittelalterlichen Hymnus viele Jahrhunderte lang gerne als Dies irae, als Tag des Zornes, bezeichnet wurde.

Nun ist mir durchaus bewußt, daß man die frühere Bedeutung des Wortes Zorn nicht plump mit der heutigen gleichsetzen darf, aber um starke Gefühle ist es ohne Zweifel auch damals gegangen. Nur, von solchen sollte man sich gerade als Richter eben möglichst nicht leiten lassen, will man zu einem halbwegs gerechten Urteil gelangen. In einem emotional aufgeladenen Klima kann das allenfalls einem unfehlbaren Allwissenden gelingen, aber so ein irdischer Asylrichtersenat besteht nun einmal nicht aus Heiligen und kann sich dem vom vermeintlichen Volksempfinden irregeleiteten Gesetzgeber, überhaupt der ganzen medialen Hysterie, die mit diesem Themenkomplex heutzutage leider unweigerlich verbunden ist, auch beim besten Willen noch weit weniger entziehen als der entrückte Gottessohn.

Ende der salbungsvollen Predigt. Gehen Sie jetzt lieber rechtzeitig, bevor ich mit dem Klingelbeutel komme. Aber Spaß beiseite: Auf eine ziemlich bezeichnende Sache will ich doch noch zu sprechen kommen, beim Stichwort Hysterie ist sie mir gerade eingefallen.

Sie haben es sicherlich registriert: Im Taumel dieser dauernden Neuordnungen des Flüchtlingswesens, mit denen die Regierungsparteien praktisch vor jeder Wahl Eindruck schinden wollen, ist man auch auf die glorreiche Idee eines sogenannten Schubhaftzentrums verfallen, für das sich schließlich ein Ort mit erschreckendem Bevölkerungsrückgang in der strukturschwachen Obersteiermark selbst angeboten hat, ganz in der Nähe des Erzbergs. Als er den Zuschlag erhielt, rechnete der glückliche Bürgermeister in der Zeitung penibel vor, daß die laut Plan gleichbleibend gut zweihundert Internierten, weil ja als temporäre Einwoh-

ner gemeldet, an sich schon bares Geld für das Gemeinde-
budget bedeuten würden, ganz abgesehen von den Zuzüg-
lern wegen der vielen neugeschaffenen Arbeitsplätze rund
um die Anstalt.

Und dazu kämen erst noch die segensreichen Folgen
dieser teils freiwilligen, teils unfreiwilligen Vermehrung
für die lokale Wirtschaft: Der Bäcker würde mehr Sem-
meln verkaufen und der Zahnarzt mehr Patienten haben.
Alles super also. Und das I-Tüpfelchen: Die Regierung habe
ihm, dem Bürgermeister, fix zugesagt, daß auf Dauer ausschließlich unbescholtene, also garantiert harmlose Schub-
häftlinge dorthin geschickt werden. Wieder super. Am
supersten aber scheint es zu sein, daß diese durchwegs gut
beleumundeten Ausländer hinter hohen Mauern versteckt
bleiben und nicht heraus dürfen, also daß sie ein absolut
stiller, unsichtbarer, völlig abgasfreier Wirtschaftsmotor
sind, in mehrfachem Sinne höchst umweltfreundlich sozu-
sagen. Deshalb hält sich der Widerstand in der Bevölkerung
auch in erfreulichen Grenzen.

Alles irgendwie verständlich, wenn man von der Warte
und der Logik dieses Bürgermeisters in seiner Not ausgeht. Und doch auch krank, nicht?, wenn man einen Schritt
zurücktritt und sich in Ruhe vergegenwärtigt, was da wirklich läuft.

Suchen Sie doch selbst bei Gelegenheit einmal so einen
Flüchtlingshelfer, eine Flüchtlingshelferin auf, da gibt es
neben den bekannten professionellen Organisationen, die
unter schwierigsten Bedingungen tolle Arbeit leisten und
sich von den zynischen Rechtsaußen dafür prompt vor-
werfen lassen müssen, am ungebrochenen Zustrom von
Asylwerbern interessiert zu sein, einzig um Geld damit
zu machen, da gibt es daneben auch rein ehrenamtlich
tätige idealistische Menschen, zum Beispiel im Umfeld
von Amnesty International, die könnten Ihnen noch ganz

andere Dinge aus dem alltäglichen Umgang mit ihren Klienten erzählen.

So, und damit sind Sie nun wirklich entlassen.

Lediglich lapidar

Aus verschiedenen Befunden und Stellungnahmen, gezeichnet vom Primararzt der Universitätsklinik für Psychiatrie, von einer Fachärztin der Sonderabteilung für Suizidprävention, von einem Psychotherapeuten, von einem Psychoanalytiker:

Frau Savicevic befindet sich in der regelmäßigen ambulanten Betreuung der Universitätsklinik. Bei der Patientin ist die posttraumatische Belastungsstörung diagnostiziert.

Der Vater der Patientin war Alkoholiker und gewalttätig gegenüber ihrer Mutter und auch den Kindern gegenüber. Frau Savicevic erlebte Bedrohungen mit Messer und Pistole. Eines Tages verschwand der Vater, Frau Savicevic weiß auch nicht, ob er jetzt noch lebt. Ihre Geschwister sind im eigenen Haus verbrannt. Die Asche ihrer Geschwister wurde in gewöhnlichen schwarzen Müllsäcken eingesammelt. Nur wenig später verstarb die Mutter der Patientin an einer Krebserkrankung. Somit war der letzte haltgebende Mensch in ihrem Leben verloren (da die Mutter ein Einzelkind war, gab es keine Tanten oder Onkeln, an die sich Frau Savicevic wenden konnte).

Die Symptomatik der Patientin besteht im wesentlichen darin, dass sie seit den traumatischen Ereignissen im Kosovo von depressiven Zuständen mit Suizidgedanken gequält wird. Immer wieder treten Angstzustände auf, grübelnde Gedanken, das Hören von Stimmen, Schlaflosigkeit und Albträume. Die Patientin wirkt ängstlich, deprimiert und hoffnungslos. Sie ist sehr in sich gekehrt, in ihre eigenen Gedanken versunken. Ihr Antrieb ist stark vermindert, das Selbstwertgefühl beeinträchtigt. Sie klagt über Konzentrationsschwierigkeiten, die es ihr fast unmöglich machten, einen Sprachkurs zu besuchen oder autodidaktisch sich mit der deutschen Sprache zu beschäftigen. Auch Versuche, ehrenamtliche Hilfe in Anspruch zu nehmen, scheiterten wegen der Schüchternheit und dem Misstrauen der Patientin. Die Patientin scheint über die Verlusterlebnisse, Misshandlungen und Morddrohungen nicht hinwegzukommen und beschäftigt sich fast ausschließlich mit der Vergangenheit. Sie liegt oft tagelang nur auf dem Bett und schaut auf die Decke. Situationen im Alltag wirken oft als Trigger, die sie in die Vergangenheit zurückversetzen. Sie hat sich von fast allen sozialen Kontakten zurückgezogen und misstraut anderen Menschen. Die Patientin hört immer wieder Stimmen (von ihren Peinigern) oder sieht Bilder (von ihrer verstorbenen Mutter und ihren toten Geschwistern). Ich interpretiere das weniger als psychotische Symptome, sondern eher als Symptome (flash backs/Nachhallerinnerungen) im Rahmen der PTBS.

Im Laufe der Therapie ist es gelungen, die Patientin teilweise zu stabilisieren. In den ersten Monaten der Therapie war die Patientin kaum in der Lage, mit mir oder anderen Menschen Kontakt aufzunehmen. Nun hat sie schon einige Vertraute und konnte an einen Sprachkurs vermittelt werden, dem sie (wegen Konzentrationsschwierigkeiten und anderen Symptomen) jedoch nur teilweise folgen konnte. Ihr Zustand ist wahrscheinlich auch deshalb so veränderungsresistent, weil die äußere Sicherheit im Sinne des Bleiberechtes nach wie vor ungelöst ist. Diese Situation wirkt durch die Unsicherheit retraumatisierend.

Es steht fest, dass die Abschiebung der Patientin nach Kosovo, wo sie den Lebensanschluss mit Sicherheit nicht mehr fassen kann, den bisherigen Therapieerfolg völlig destruieren wird. Im Land, wo sie die grausamste Traumatisierung erlebt hat, ist ihre Zukunft erloschen.

Zur Einschätzung der Suizidalität ist festzuhalten, dass auf Grund der vorausgegangenen Suizidversuche in Zusammenschau mit der psychiatrischen Diagnose die Patientin zu einer Hochrisikogruppe zu zählen ist. Eine Abschiebung in ihr Heimatland stellt somit eine äußerste Gesundheits-

gefährdung dar, d. h. von meiner Sicht und Einschätzung ist mit einem Suizid der Patientin zu rechnen.

Zusammenfassend möchte ich von fachärztlicher Seite abschließend erwähnen, dass die Patientin also ein haltgebendes sicherndes Umfeld benötigt, weiters eine regelmäßige gesicherte psychopharmakologische Behandlung sowie psychotherapeutische Begleitung notwendig ist und somit eine Abschiebung in den Kosovo von ärztlicher Seite nicht in Frage kommt.

Als medikamentöse Therapieempfehlung findet sich folgende lange Liste angeschlossen: SEROXAT FTBL 20MG Mittag 2, ZYPREXA FTBL 15MG Nacht 1, DOMINAL FTBL FTE 80MG Nacht 1, TEMESTA-2,5 TBL Nacht ½, ZYPREXA 5 MG, TBL Früh 1.

Jelena Savicevic begab sich mit dem negativen Bescheid ihres Asylantrages, den sie zum größten Teil gar nicht verstehen konnte, weil nur der Spruch selbst sowie die Rechtsmittelbelehrung in serbischer Sprache erfolgten, sofort zu einer Flüchtlingsberatungsorganisation. Dort erst begriff sie, die mit so etwas absolut nicht gerechnet hatte, daß ihr tatsächlich die Abschiebung bevorstand. Eine offensichtlich überlastete Caritas-Mitarbeiterin beruhigte sie, soweit das möglich war, und verfaßte in Jelenas Namen eine routinierte, aber wenig aussagekräftige Berufung. Diese Berufung wurde, diesmal sogar von einem weiblichen Organwalter des UBAS, der direkten Vorgängerbehörde des Asylgerichtshofs, binnen kurzem und ohne persönliche Anhörung der Betroffenen ebenfalls abgewiesen, wieder sollte Jelena in der Schubhaft landen.

Als man kam, sie abzuholen, reagierte sie spontan mit einem neuerlichen, von einem geistesgegenwärtigen Beamten gerade noch verhinderten Selbstmordversuch: Es klopfte kurz, und schon stand die Staatsgewalt im Raum. Jelena riß das Fenster auf, mußte aber unter seinem einzigen großen Flügel durchtauchen, um auf das Fensterbrett im ersten

Stock klettern zu können, denn das Bett in dem kleinen Zimmer stand zu nah. Ein Polizist schnitt ihr den Weg ab, sprang auf die Matratze und zog sie im letzten Moment zurück. Nach zwei Tagen im Gefängnis wurde sie in die nächste Nervenklinik überstellt.

Ihr SMS-Notruf erreichte kosovoserbische Bekannte, die sich ein wenig um Jelena kümmerten, seit sie noch gemeinsam in der Flüchtlingspension gewohnt hatten. Mit zwei halbwüchsigen Kindern und etwas erspartem Geld war die gebildete Familie ins Land gekommen und hatte sich sofort einen auf Asylfälle spezialisierten Anwalt genommen. Das machte sich bezahlt, die vier erhielten, gut beraten und daher entsprechend vorsichtig in ihren Aussagen, ziemlich schnell die begehrten Aufenthaltstitel, wohl auch, weil für ihr Verfahren ein Bundesland zuständig war, in dem es, wie Hilfsorganisationen berichten, für Serben gewöhnlich leichter ist, die Behörde zu überzeugen als anderswo.

Diese Leute ergriffen jetzt die Initiative. Ihnen tat die völlig auf sich allein gestellte, abgrundtief verzweifelte junge Frau leid. So sehr sich die Jovanovics freuten, in Österreich Aufnahme gefunden zu haben, so klar war ihnen, daß sich ihr Schicksal mit dem Jelenas nicht im entferntesten vergleichen ließ. Sie hatten kein schlechtes Gewissen, denn sie waren fest entschlossen und auf bestem Wege, hier Fuß zu fassen, nahmen keine Unterstützung mehr in Anspruch, arbeiteten, zahlten Steuern, schickten die Kinder in Höhere Schulen. Doch sie waren sich bewußt, daß sie das alles in erster Linie ihrer Weltgewandtheit, den finanziellen Rücklagen und dem nötigen Glück zu verdanken hatten. Große Sprünge würden sie sich noch länger nicht leisten können, aber um Jelena in dieser Krise beizustehen, dafür reichte es, mußte es reichen.

Gleich am Tag nach ihrem Hilferuf besuchten Herr und Frau Jovanovic sie in der Nervenklinik. Darauf kontaktierten sie sofort ihren Anwalt, der eine Eilbeschwerde samt Antrag auf Zuerkennung der aufschiebenden Wirkung an den Verwaltungsgerichtshof richtete. Die Kosten dafür übernahmen Jelenas Bekannte. Das Höchstgericht gab dem Antrag schließlich statt, rein aus humanitären Erwägungen, wie es hieß.

Jelena Savicevic stellte nun auch, vom Anwalt professionell unterstützt, einen weiteren, besser begründeten Antrag auf internationalen Schutz, in dem zum ersten Mal ausführlich auf ihre psychische Erkrankung eingegangen wurde.

Heute, fast zweieinhalb Jahre nach ihrer Flucht, wird sie neuerlich einvernommen. Sie ist gut vorbereitet, aber über die Maßen nervös, denn sie fürchtet, der Situation nicht gewachsen zu sein, die Kraft, die Konzentration zu verlieren, abermals in eine Falle zu gehen. Auf die bekannte Frage, ob sie irgendwelche Erkrankungen habe, antwortet sie diesmal laut Protokoll: *Ich habe psychische Probleme ich war im Krankenhaus, weil ich mich umbringen wollte. Ich war vier Monate im Krankenhaus und jetzt mach ich eine Behandlung. Ich war in einer geschlossenen Abteilung.*

F.: Seit wann haben Sie dieses Krankheitsbild?

A.: Als ich hierhergekommen bin, war ich schon Krankheit, also noch aus dem Kosovo.

F.: Haben Sie diese Erkrankung bei Ihrem ersten Verfahren angegeben?

A.: Nein, da hat mich niemand gefragt.

F.: Sie wurden aber nach Ihrem Gesundheitszustand befragt, was sagen Sie dazu?

A.: Damals hatte ich so Angst und habe mich nicht geäußert.

F.: Im neuropsychiatrischen Gutachten des Herr Dr. Innerhofer steht, dass Sie bereits in Ihrem Heimatland zwei Selbstmordversuche hatten, haben Sie dies bei Ihrem ersten Asylverfahren angeführt?

A.: Nein, nichts.

F.: Sie stellten bereits am 11.09.2006 in Österreich einen Asylantrag. Dieser Antrag wurde rechtskräftig abgewiesen. Die Zulässigkeit der Zurück- bzw. Abschiebung nach Serbien in die Provinz Kosovo (jetzt Rep. Kosovo) und die Ausweisung aus dem österr. Bundesgebiet wurde ausgesprochen. Warum stellten Sie jetzt wieder neuerlich einen Antrag?

A.: In erster Linie, da Kosovo und Serbien getrennt sind. Ich habe dort keinen Platz mehr, es ist eine albanische Stadt. Außerdem damals hatte ich einen schlechten Dolmetscher, den ich fast nicht verstanden habe. Außerdem hatte ich keine Beweismittel mit, ich bin hierhergekommen ohne Beweismittel. Auf der anderen Seite bin ich krank, ich kann nicht schlafen und ich habe Angst und träume, dass ich umgebracht werde. Falls Sie mich zurückschicken ich werde mich in Österreich umbringen. Ich will nicht, dass irgendwer nochmals das gleiche Vergnügen hat an meinem Körper wie schon einmal. Außerdem lebe ich dort in einem Ort, wo nur zwei serbische Häuser und Rest sind lauter Albaner.

F.: Das Bundesasylamt beabsichtigt, Ihren Asylantrag wegen entschiedener Sache zurückzuweisen. Wollen Sie konkrete Gründe nennen, die dem entgegenstehen?

A.: Ich verstehe nicht, warum mein Antrag jedes Mal abgewiesen wird. (AW weint)

Aus dem abschließenden Befund eines Amtsdirektors der zuständigen Behörde, des Bundesasylamtes:

Zudem führen Sie an, dass Sie an einer psychischen Krankheit leiden. Aufgrund näherer Befragung gaben Sie glaubhaft und widerspruchsfrei an, dass Sie diese Krankheit schon hatten, als Sie aus dem Kosovo kamen. Sie unternahmen bereits in Ihrem Heimatland zwei Selbstmordversuche und wurden stationär in einer neuropsychiatrischen Abteilung aufgenommen. Selbst in der psychotherapeutischen Stellungnahme von Dr. Innerhofer ist festgehalten, dass Sie seit Ihren traumatischen Ereignissen im Kosovo von depressiven Zuständen

*mit Suizidgedanken gequält werden und Sie unter Angstzu-
ständen, Schlaflosigkeit und Albträumen leiden.*

*Auch wenn das von Ihnen in Vorlage gebrachte ‚Neuro-
psychiatrisches Gutachten' nach Rechtskraft Ihres Vorverfah-
rens erstellt wurde, so bestand Ihre psychische Erkrankung
und auch die Ursache dieser Erkrankung schon vor Rechtskraft Ihres ersten Asylverfahrens und stellt somit keinen neuen
objektiven Sachverhalt dar. Auf die Frage, warum Sie dies im
ersten Asylverfahren nicht erwähnt hätten, konnten Sie lediglich lapidar antworten, dass Sie danach nicht gefragt wurden
bzw. solche Angst gehabt hätten sich zu äußern.*

*Gemäß der Judikatur des VwGH ist davon auszugehen,
dass, wenn ein Asylwerber einen weiteren Asylantrag auf
behauptete Tatsachen stützt, die bereits zum Zeitpunkt des
ersten Asylverfahrens bestanden haben, die der Asylwerber
jedoch nicht bereits im ersten Asylverfahren vorgebracht hat,
aus diesem Grund schon nach dem Vorbringen des Asylwerbers keine Sachverhaltsänderung vorliegt und der weitere
Asylantrag vom Bundesasylamt wegen entschiedener Sache
zurückzuweisen. Dass der ASt. den nunmehr behaupteten
Sachverhalt im Erstverfahren allenfalls nicht oder nicht der
Wirklichkeit entsprechend vorbrachte, ist nicht von Relevanz,
da sich hierdurch der objektiv vorliegende Sachverhalt nicht
änderte.*

*Soweit Sie vorbrachten, dass im Jänner dieses Jahres in
Ihrer Heimatstadt mehrere Personen verletzt wurden ist anzu-
führen, dass es sich bei einem Verfolgungstatbestand im Sinne
der GFK um Nachteile handeln muss, die Sie selber betreffen und nicht etwa um Nachteile anderer. Dieses Vorbringen
kann nicht zu einer Asylgewährung führen, setzt eine solche
doch konkrete gegen Sie gerichtete Verfolgung bzw. Furcht
vor Verfolgung aus asylrelevanten Gründen voraus.*

*Ihr Antrag auf internationalen Schutz wird gemäß § 68
Absatz 1 Allgemeines Verwaltungsverfahrensgesetz wegen
entschiedener Sache zurückgewiesen.*

Rechtsdurchbruch

Dem Recht zum Durchbruch verhelfen wie dem Blinddarm. Eine Magen-Darm-Grippe diagnostizieren und behandeln statt einer Blinddarmentzündung. Einen Kunstfehler begehen und jemanden schädigen, womöglich gar irreparabel, denn so eine zu spät erkannte Bauchfellentzündung kann lebensbedrohlich sein. Dafür zur Verantwortung gezogen werden, zumindest theoretisch.

Vor Gericht zum Beispiel argumentieren, die Patientin habe bloß verschwommen von heftigem Bauchweh erzählt, die Symptome hätten mit allergrößter Wahrscheinlichkeit einen grippalen Infekt nahegelegt, wie er übrigens zu jenem Zeitpunkt gerade in der Gegend grassierte, gegen den auch die üblichen Medikamente verordnet worden seien. Man habe, es sei ausdrücklich betont, äußerste Sorgfalt angewandt und sogar mit Ultraschall gearbeitet. Eine Verkettung unglücklicher Umstände eben, und als Hausarzt stünde einem schließlich leider nur ein begrenztes Spektrum an Diagnosehilfsmitteln zur Verfügung, das müsse man verstehen. Höchst bedauerlich, die aufgetretenen Komplikationen, aber keinesfalls einer Nachlässigkeit des Erstbehandlers geschuldet. Gute Karten in jedem Fall, ungeschoren davonzukommen.

Was aber, wenn, nur einmal angenommen, eine aufgeregte Patientin in die Praxis kommt, nachweislich klagt: Herr Doktor, ich bin mir ziemlich sicher, da dürfte etwas mit meinem Blinddarm sein, bitte machen Sie etwas, aber schnell, ich habe solche Schmerzen!, wenn sie trotzdem mit Grippemitteln abgespeist wird und später nicht mehr gerettet werden kann? Wenn es dazu, warum auch immer, schriftliche Aufzeichnungen, eine Art Protokoll gibt oder Zeugen? Es könnte eng werden für den Arzt.

Das alte Problem: Krankheiten des Körpers und Krankheiten der Seele, zwei Paar Stiefel? Den Tod jemandes billigend in Kauf nehmen, weil da ja jeder kommen könnte und drohen, sich umzubringen, wenn sich der Rechtsstaat nicht erpressen läßt. Kommt aber nicht jeder. Jedenfalls nicht mit einer ganzen Mappe unter dem Arm, voll von eindeutigen Befunden, Ambulanzberichten, psychotherapeutischen Stellungnahmen, Wohlmeinungen von Frauenhilfsorganisationen, die alle auf dasselbe hinauslaufen: Wenn ihr Jelena Savicevic tatsächlich ausweist, ist das ein Todesurteil. Tut uns leid, drastisch werden zu müssen, aber das packt sie dann nicht mehr, von wegen erloschene Zukunft. Diese Frau hat aushalten müssen, was kaum jemand aushält, ohne völlig den Verstand zu verlieren, was soll sie eurer Meinung nach noch aushalten, liebe Organwalter beiderlei Geschlechts, die Ihr im Namen dieses Gemeinwesens zu Gericht sitzt, was ist einem einzelnen Menschen zumutbar?

Da sind, von Fachärzten und Psychotherapeuten medizinisch einsichtig begründet, klare Kausalzusammenhänge festgestellt zwischen der Tatsache, daß Frau Savicevic nicht und nicht auf die Füße kommt, und der Gastfreundschaft des Landes, in das sie geflohen ist in der begründeten Hoffnung, es liege wohl auf der Hand, daß sie jeden Anlaß dazu hatte und Verständnis für ihr Handeln finden werde. Stattdessen gleich zur Begrüßung unkommentiert sechs Wochen Schubhaft ohne kompetente medizinische Betreuung in einer kleinen Zelle mit anderen Frauen, auch Straftäterinnen, eine bedenkliche Einvernahme, selbstverständlich ohne freundlichen Rechtsvertreter, auf deren höchst problematische Ergebnisse man sich das gesamte Verfahren hindurch gebetsmühlenartig stützt, ein abschlägiger Bescheid nach dem anderen, aus denen von Amts wegen zu erfahren ist, daß *die Berufungswerberin in ihrem Heimatland keiner wie immer gearteten Verfolgung ausgesetzt war*, daß *es sich bei der „begründeten Furcht" vor Verfolgung aber um seine solche handeln* müsse, *die aus **objektiver Sicht begründet ist***, daß *eine Bedrohung durch Privatpersonen dem Staat nicht* *zuzurechnen* ist und demnach *nicht unter den Begriff der „Verfolgung" im Sinne der GFK fällt.* **Bei ihren Rückkehr-befürchtungen handelt es sich um Vermutungen und damit um subjektiv empfundene Furcht, die von ihr durch keinerlei Beweise untermauert werden konnte, weshalb die Rückkehrbefürchtungen mangels Konkretisierung auch nicht objektivierbar waren.** *Diese Rückkehrbefürchtungen sind somit nicht nachvollziehbar, nicht plausibel und daher als nicht glaubhaft zu befinden. Auch wenn seitens des Bundesasylamtes die von der ASt. geschilderte Notlage durchaus nachvollzogen werden kann, so ist jedoch zu sagen, dass derartige private Probleme keinen Asylgrund darstellen.*

Als besonders förderlich für die psychische Stabilisierung der seit mehreren Jahren ständig von Abschiebung bedrohten alleinstehenden Patientin haben sich die nachfolgenden, ihren familiären Umständen hohnsprechenden Einlassungen der Behörde erwiesen, die als wesentliche Grundlage für das Versagen subsidiären Schutzes dienten: *Der Zusammenhalt innerhalb der Großfamilien dort ist bekannt und es kam im Verfahren nicht hervor, dass sie von Verwandten nicht unterstützt werden würde. Selbst wenn dies so sein sollte, könnte sie insbesondere durch humanitäre Organisationen Unterstützung finden. Es ist somit nicht davon auszugehen, dass die Antragstellerin nach der Rückkehr in ihr Heimatland in eine ausweglose Lebenssituation gerät. Zu ergänzen ist, dass Angehörige der ASt. nach wie vor ohne relevante Probleme im Kosovo leben; von etwa einer existenzgefährdenden Lebenssituation ihrer Eltern/Geschwister/ Verwandten hat sie nichts berichtet und wurde auch amtswegig nicht bekannt.*

Dem Recht zum Durchbruch verhelfen wie dem Blinddarm.

Vorsicht, heiß!

Rainer Zellweger, Doktor der Jurisprudenz, ein sportlicher, großgewachsener Mittvierziger, hohe Stirn, kaum graue Haare, kaum Falten, rückt sich auf dem wenig bequemen Kantinenstapelstuhl zurecht, auf dem er nun schon länger als zwei geschlagene Stunden sitzt, Rede und Antwort steht, Antwort freilich auch häufig auf gar nicht gestellte Fragen. Augenscheinlich hat er ein ausgeprägtes Mitteilungsbedürfnis, will er unter keinen Umständen mißverstanden, in eine falsche Schublade verräumt werden, gar den bösen Buben spielen müssen.

Eine Bestandsaufnahme des Rechtsgefüges am umstrittenen Beispiel Asyl wolle er angehen, hat ihm nämlich anläßlich der Terminvereinbarung sein bis dahin persönlich unbekannter Gesprächspartner offenherzig angekündigt. Audiatur et altera pars, hat der Mann gemeint, und für die andere, die kritisch zu würdigende Seite, die zu diesem Zweck selbstverständlich ebenfalls ausführlich zu Wort kommen müsse, sei ihm als aufgeschlossene Auskunftsperson neben anderen eben zuvorderst der Name Zellweger genannt worden.

Einerseits sind bei einem so heiklen Ansinnen fraglos erhöhte Vorsicht und professionelle Zurückhaltung geboten, auch wenn ihm volle Diskretion zugesichert wurde. Andererseits, und dieses Andererseits wiegt verdammt schwer, Dr. Zellweger liebt die Abwechslung, frischen Wind, spannende Herausforderungen, ständig steht er mit sich selbst im Wettbewerb, und deshalb hat er sich auch durchaus mit einiger Lust auf diese ungewöhnliche Situation eingelassen, nicht zuletzt, weil er es schmeichelhaft fand, daß für ein derartiges Unterfangen von irgend jemandem als erstes ausgerechnet sein Name ins Spiel gebracht wurde.

Ob er erfahren dürfe, wer ihn empfohlen habe, hielt er mit seiner Neugierde gleich zu Anfang der Unterhaltung nicht hinter dem Berg. Ich dachte es mir, nickte er schmunzelnd, als ihm sein Gegenüber bedauernd mitteilte, für diese Auskunft nicht autorisiert zu sein.

Daß ihn jetzt, Stunden später, das Kreuz schmerzt und er dringend seine Sitzposition verändern muß, fällt ihm erst auf, als er ausnahmsweise länger zum Zuhören gezwungen ist, weil er im Augenblick mit einer Liste von Unzulänglichkeiten in den Abläufen von Asylverfahren konfrontiert wird, die der bis dato recht schweigsame Gesprächspartner bei seinen Recherchen festgemacht haben will.

Eine wirkliche Kantine ist dieser wenig einladende fensterlose, neonerleuchtete Ort gar nicht, eher eine Mischung aus Abstellkammer, Archiv, Büroneben- und offenbar kaum besuchtem Aufenthaltsraum für das Personal des Hauses. Es gibt da ein paar Tische und Stühle, Vervielfältigungsgeräte, Ablagen, Getränkeautomaten, einen Kleiderständer.

Alle paar Minuten ruft sich der Drucker zunächst mit dem charakteristischen Lüftergeräusch in Erinnerung, bevor er pflichtgemäß seinen Auftrag erledigt. Regelmäßig werden kurz darauf von verschiedenen Mitarbeiterinnen und Mitarbeitern des Asylgerichtshofs die frischen Ausdrucke geholt, Türen gehen auf, werden geschlossen, gelegentlich grüßt jemand. Dr. Zellweger hat sich bisher von diesen störenden Prozeduren nicht im geringsten beirren lassen, die ganze Zeit in gleichbleibender Lautstärke und sehr konzentriert erzählt, souverän, druckreif praktisch.

Bedenkliche bis lausige Protokollqualität bei Einvernahmen durch überfordertes, nicht speziell ausgebildetes Personal ist der letzte Kritikpunkt auf der Liste. Ob er zu einzelnen dieser Beobachtungen Stellung beziehen könne und möchte?

Möchte er das? Dr. Zellweger ist sich nicht sicher. Um Zeit zu gewinnen, bietet er einen weiteren Becher Automatenkaffee an. Oder lieber noch ein Wasser?

Zwei Herzen schlagen in seiner Brust. Bis zu diesem Moment war Dr. Zellweger eindeutig Herr des Gespräches, er konnte sich wohldosiert und ganz aus eigenem Antrieb sogar die eine oder andere kritische Anmerkung erlauben, bettete er sie doch geschickt in eine Gesamtanalyse, die an seinem eigenen Beispiel unterstrich, wie verantwortungsbewußt man hier grundsätzlich arbeite, daß Irrtümer oder Fehleinschätzungen der Vorinstanz nach Möglichkeit korrigiert würden, was aber nur selten nötig sei.

Letztlich begegne einem, lasse man die vielen Verfahren Revue passieren, kaum Neues unter der Sonne, ganz wenig wirklich Strittiges, nicht klar Zuordenbares. So etwa lautete seine Botschaft, an die er im übrigen tatsächlich fest zu glauben schien. Und sollte es in Einzelfällen wirklich einmal zu unbilligen Härten kommen, Menschen seien eben fehlbar, vollkommen ausschließen ließe sich derlei nie, das zu leugnen wäre einfach lächerlich. Niemand käme ernsthaft auf die Idee, alle Ampeln abzuschaffen, nur weil einige wenige auch bei Rot in die Kreuzung einfahren.

Unter dieser Voraussetzung ließ sich auch bei der verzwickten Geschichte mit der jungen Frau aus dem Kosovo ziemlich schlüssig argumentieren, selbst sie brachte Dr. Zellweger nicht wirklich in Bedrängnis. Er hätte jedenfalls größte Sorgfalt angewandt, dies zu betonen war ihm wesentlich. Und wer weiß, vielleicht würden eingehendere Informationen zur Causa die bisher erfolgten Entscheidungen der Behörden in ein ganz anderes Licht rücken, womöglich blieben ihm ein paar höchst relevante Details verborgen, absichtlich oder unabsichtlich, denn Laien vermögen die Aktenlage in der Substanz oft nicht umfassend einzuschätzen.

Bis zu diesem Moment korrespondierten Dr. Zellwegers wohlüberlegte Äußerungen auch weitgehend mit seiner eigenen Befindlichkeit. Es galt, stets das Interesse der Republik, des Staates vor Augen zu haben, dem er gern diente, und dieses Interesse schien ihm am besten dadurch gewahrt, daß er Konzilianz, Offenheit und Weltläufigkeit demonstrierte, ohne freilich von jenen Prinzipien abzurücken, die als Basis konkreter Gesetzestexte dienten, an denen sich die Judikatur zu orientieren hatte.

Er konnte es sich zum Glück ersparen, weitschweifig jene übergeordneten Rücksichten zu erläutern, die noch so verständlichen Wünschen nach unbegrenzter Großzügigkeit in Asylverfahren objektiv und simpler realpolitischer Zwänge wegen entgegenstanden. Vielleicht auch bloß aus taktischen Erwägungen schien es sein Gegenüber nämlich gar nicht auf einen radikalen Paradigmenwechsel in der Flüchtlingspolitik angelegt zu haben. Vielmehr, mußte Dr. Zellweger einräumen, ging es ihm offenbar um konkrete Mißstände innerhalb des Rahmens gesetzlicher Vorgaben, in geringerem Maße wohl auch um gewisse strukturelle Defizite, die seiner Ansicht nach eine verantwortliche Anwendung der Rechtsvorschriften erschwerten oder gar unterbanden.

Damit jedoch traf dieser Mensch ganz unerwartet einen wunden Punkt bei Dr. Zellweger. Hätte er sich beispielsweise wie so viele blauäugige Gutmenschen naiv zum Anwalt von mehr Augenzudrücken in mediengehypten Einzelfällen gemacht, ohne die fatalen Folgen solcher Präzedenzien zu bedenken, wäre es dem versierten Juristen leicht gefallen, abzublocken und sich auf sicheres Terrain zurückzuziehen. Man kann nun einmal nicht tausend Leute abschieben, und die tausenderste, bei der die Dinge genauso liegen, läßt man plötzlich im Land, nur weil ein buntes Magazin oder ein Pfarrer oder die Grünen sie vor den Vorhang gezerrt haben.

Wenn er auch längst nicht alle der aufgelisteten Einwände nachzuvollziehen vermochte, vieles, was er da aus dem Mund seines Gesprächspartners hörte, kam Dr. Zellweger nur allzu bekannt vor. Es handelte sich dabei exakt um jene Dinge, an denen er selbst zu knabbern hatte, die ihn ärgerten, auf die er nicht nur im Kollegenkreis immer wieder hingewiesen hatte, deren er sich heimlich zuweilen sogar schämte, weil er nicht anders konnte als sich als besonders verwundbaren Teil des Gesamtsystems Justizwesen zu begreifen, das ihn faszinierte, für das er begeistert eintrat, dessen Mängel aber nun einmal nicht zu übersehen waren, wenn man Augen im Kopf hatte.

Für ihn, der sich und anderen die Latte stets sehr hoch legte, war es zum Beispiel eine ausgesprochene Qual, wie wenig von oben auf die inferiore Qualität mancher für einzelne Verfahren zentraler Schriftstücke reagiert wurde, wie wenig dem Ministerium darum zu tun zu sein schien, sich teils berechtigter, teils populistisch überzogener Kritik am Umgang mit Asylwerbern durch einfache, aber höchst wirksame Verbesserungen zu entziehen, wie reflexartig man mit dem Hinweis auf nicht finanzierbare Mehrbelastungen bei der Hand war, wenn es darum ging, das Unbehagen an einzelnen Verfahrensschritten zum Wohle beider Seiten zu minimieren.

Als Dr. Zellweger sich jetzt bückt, den Kaffee sowie zwei Wasserbecher auf den Tisch stellt und sich dann an die Kante des Türstocks lehnt, ist sein Entschluß gefallen, wenigstens in ein paar ausgewählten Bereichen aus dem Nähkästchen zu plaudern, mochte er seinem Gegenüber dadurch Munition für sein Unternehmen liefern oder nicht.

Vorsicht, heiß! warnt er, und dann setzt er zu einem neuen Monolog an: Ich kann Ihre Kritik absolut nachvollziehen, wenn Sie meinen, direkte Vergleiche der Begründungen für abgewiesene Beschwerden würden oft einen schalen Nachgeschmack hinterlassen. Und Sie haben wahrscheinlich auch recht, wenn Sie vermuten, der bloße Rückzug auf die Formel vom öffentlichen Interesse an der Aufrechterhaltung eines geordneten Fremdenwesens, das einen höheren Stellenwert habe als die jeweils vorgebrachten Beschwerdegründe, würde, obwohl im Prinzip ausreichend, suggerieren, man habe sich nicht intensiv genug mit dem Fall auseinandergesetzt, weswegen einmal Integrationsdefizite oder nicht vorhandene familiäre Bindungen im Land, dann wieder das nicht gesicherte finanzielle Auskommen, das Fehlen eines Arbeitsplatzes bemängelt werden. Und falls, selten genug allerdings, diese Kriterien umfassend erfüllt sind, heißt es trotzdem sorry, von wegen Beeinträchtigung des öffentlichen Interesses bla bla.

Wenn man sich mehrere solche Judikate hintereinander anschaut, kann man natürlich schon den Eindruck gewinnen, da würde bugsiert werden, hin- und hergeschoben. Ich gebe gerne zu, das ist eine zutiefst unschöne Optik, nur, wir müssen uns bewußt sein, es wird letztlich trotzdem nur geltendes Recht vollzogen, das vom Gesetzgeber im Auftrag der Mehrheit der Wählerinnen und Wähler so und nicht anders gestaltet wurde. WIE es dann vollzogen wird, steht auf einem anderen Blatt, am Resultat würde sich letzten Endes freilich nicht viel ändern. Es ist ja kein Betriebsgeheimnis, wir haben momentan ein relativ scharfes Fremdenrecht, wenn man da dagegen ist, muß man um demokratische Mehrheiten werben. Aber das ist nicht unser eigentliches Thema.

Der Drucker meldet sich wieder, Dr. Zellweger setzt sich auf seinen alten Platz, denn gleich wird die Tür aufgehen. Sein Gesprächspartner registriert aufmerksam, daß der Richter auch in dieser heiklen Phase der Unterhaltung keinerlei Anstalten macht, dafür zu sorgen, daß möglichst unter vier Augen und Ohren bliebe, was er jetzt zu sagen hat. Wollen wir uns im Kaffeehaus treffen, oder haben Sie Lust, zu uns ins Haus zu kommen? hatte Zellweger am Telefon gemeint. Ein Traditionscafé in der Innenstadt hätte zweifellos nicht nur für eine wesentlich angenehmere Atmosphäre gesorgt, sondern auch für Anonymität. Andererseits: Einen Richter am Asylgerichtshof in seinem natürlichen Biotop zu erleben, ließ eine zusätzliche Qualität erwarten, der Entschluß war schnell gefaßt.

Sehr wohl etwas am Resultat ändern würde manchmal besser qualifiziertes Personal in der ersten Instanz, nimmt Dr. Zellweger den Faden wieder auf, da bin ich ganz bei Ihnen. Es gibt da wirklich Niederschriften, wo ich mir denke, wie kann man, wenn man alle Tassen im Schrank hat, so etwas Absurdes überhaupt zu Papier bringen? Ich lese dieser Tage zum Beispiel im Protokoll einer Einvernahme allen Ernstes folgendes: Ein Mann erklärt, er habe noch einen Sohn in diesem oder jenem Land. Frage: Wie alt ist denn Ihr Kind? Antwort: Zehn Jahre. Darauf die Beamtin: Ha, jetzt habe Sie erwischt, weil bei Ihrer letzten Einvernahme vor zwei Jahren haben Sie noch erklärt, Ihr Sohn wäre acht. Darauf der Mann, einigermaßen verwirrt, denke ich mir: Ja, Entschuldigung, damals war er auch erst acht. Sie: Na, und wollen Sie mir diesen Widerspruch jetzt nicht erklären? Er: Bitte, es sind eben zwei Jahre vergangen inzwischen. Die hat das einfach nicht verstanden, die hat nur einmal acht und einmal zehn gelesen und war gar nicht gewillt, der angebotenen Erklärung wirklich zuzuhören.

Jeder normale Mensch würde da doch sagen: Ach Gott, entschuldigen Sie bitte, das war jetzt ein peinlicher Fehler, ich habe einen Moment nicht aufgepaßt! und diese drei, vier Zeilen in der Niederschrift sofort löschen. Aber für diese Beamtin war das tatsächlich ein typischer Widerspruch eines unglaubwürdigen Asylwerbers. Und ich kriege dann im Rahmen der Beschwerde ein Schriftstück mit diesem grenzwertigen Dialog und den falschen Schlüssen daraus auf den Tisch. Das ist schon ärgerlich.

Die Frau, die wegen ihrer Ausdrucke vorher den Raum betreten hat, ist stehengeblieben, hat sich, die Unterlagen mit verschränkten Armen gegen die Brust gepreßt, Dr. Zellweger zugewandt und dem letzten Teil der Geschichte aufmerksam zugehört. Er schaut ihr nun seinerseits direkt ins Gesicht und bekräftigt noch einmal seine Ausführungen: Weil es wahr ist, nicht? Sie nickt, lächelt, grüßt und verschwindet wieder.

Nun zum nächsten Ihrer Kritikpunkte: Am Verfahrensgang selbst würde ich, ehrlich gesagt, nur punktuell etwas ändern. Keine Frage, man schüttelt manchmal bei dem einen oder anderen Paragraphen verständnislos den Kopf, aber das ist meistens anlaßbezogen und nicht grundsätzlich. Da muß man sehr vorsichtig sein, damit man da nicht über das Ziel hinausschießt.

Aber es gäbe natürlich auch in diesem Bereich in der Substanz durchaus etwas zu verbessern, und dafür braucht oft niemand das Rad neu erfinden. Vor ein paar Jahren war es zum Beispiel schon eine Zeitlang vorgeschrieben, den Asylwerbern bei der Ersteinvernahme ein Blatt Papier in die Hand zu drücken, wo ungefähr draufstand: Bitte füllen Sie in Ihrer Muttersprache handschriftlich möglichst alle Fluchtgründe auf, konkret mit Ort und Datum.

Da bestünde dann kein Problem mit dem Dolmetscher, und die oft behauptete Einflußnahme auf Aussagen durch die Beamten gäbe es dabei auch nicht. Ein weiterer Vorteil: Der Asylwerber könnte sich bei einer Beschwerde, wenn sie wirklich Hand und Fuß hat, auf solch ein Dokument stützen. Wenn aber umgekehrt einer auf fünfundzwanzig vorgedruckten Leerzeilen nur hinschreibt: Ich habe Schwierigkeiten daheim, dann spricht das für sich selbst. So ein Formular kostet praktisch nichts und brächte einiges.

Anders ist das bei einer weiteren Überlegung, die in manchen Ländern längst schon in die Tat umgesetzt wurde. Mit einem Schlag würde man auf diese Weise viele lästige Probleme aus der Welt schaffen: Was spricht dagegen, Einvernahmen grundsätzlich akustisch aufzuzeichnen?

Behauptet ein Beschwerdeführer später, er habe eigentlich etwas ganz anderes gesagt, seine Aussage sei falsch übersetzt worden, ins Gegenteil verkehrt, man habe Druck auf ihn ausgeübt, er habe ursprünglich ohnehin bloß dies oder jenes erwähnt, ihm sei jedoch vom einvernehmenden Organ außerhalb des Protokolls bedeutet worden, damit werde er sicherlich nicht durchkommen, weswegen er sich spontan noch Schlimmeres einfallen habe lassen, wodurch es zur Lüge, zur Notlüge gekommen sei, er sei da schlicht in eine Falle getappt und so weiter und so fort, und unterschrieben habe er die Niederschrift schließlich nur aus Angst, dann kann diese Aufzeichnung umstandslos angefordert, genau geprüft und als Beweismittel herangezogen werden. Aus. Punkt. Wie gesagt, ein bestens erprobtes Mittel woanders, hierzulande scheut man offenbar die Kosten dafür.

Wahrscheinlich nicht nur die Kosten allein, denkt sich da der Besucher, sondern auch die möglichen Folgen.

Seitenwechsel des Körpers

Die Krankenhausbefunde führen Jelenas mittelschwere Genitalverletzungen im Detail auf. Alles Bashkims Werk. Während dreier Tage und Nächte haben die anderen zugeschaut dabei, sie immer wieder an Armen und Beinen festgehalten. Mitgemacht haben sie nicht, vielleicht durften sie auch nicht mitmachen. Anfangs hat sie geschrien wie am Spieß, der selbsternannte Eroberer fühlte sich dadurch nicht weiter gestört. Wie ein Besessener hat er gefuhrwerkt und dabei fast ununterbrochen die derbsten Flüche ausgestoßen, gegen die Serben, gegen die Frauen, gegen Gott und die Welt.

Halbwegs zu gebrauchen war ohnehin bloß der untere Teil dieses Weibes, und das auch nur, wenn alle mithalfen. Als sie ihn zum Auftakt in den Schwanz zu beißen versuchte, statt ihm ordentlich einen zu blasen, hat Bashkim sie blitzschnell an den Haaren bis vor sein Gesicht hochgezogen, angespuckt und ihren Kopf dreimal gegen die Wand gedonnert, bis ihr das Blut aus der Nase schoß. Ein schwarzes Haarbüschel hielt er nach dieser Prozedur in der Hand, das er ihr, immer noch wutschnaubend, in den Mund stopfte.

Am Tag nach ihrer Entführung versuchten die Leute von der UNMIK mehrmals vergeblich, Telefonkontakt mit Jelena aufzunehmen. Sie war der Arbeit noch nie unentschuldigt ferngeblieben. Als sie am folgenden Morgen wieder nicht erschien und unerreichbar blieb, machte sich ein Streifenwagen auf den Weg zu ihrer Behausung. Von der abgängigen Frau keine Spur. Die internationale Polizei nahm erste Ermittlungen auf, die kosovarischen Kollegen wurden informiert.

Gefunden wurde sie am sechzehnten April von einem Bauern, der mit seinem alten Traktor zeitig in der Früh ins nächste Dorf unterwegs war. Fast vierzig Kilometer entfernt von zuhause lag sie zusammengekrümmt im Straßengraben und wimmerte leise. Versuche, auf sich aufmerksam zu machen, hatte sie offenbar keine unternommen. Sie war vollständig bekleidet, unterkühlt, aber äußerlich unverletzt.

Nach zwei Tagen völliger Abschottung im Spital attestierten die behandelnden Ärzte Jelena bedingte Vernehmungsfähigkeit. Zum Vorgefallenen wollte sie aber vorderhand aus Angst, Scham, Leere, Gleichgültigkeit und bleierner Erschöpfung keine konkreten Angaben machen, obwohl ihr das durchaus möglich gewesen wäre. Zwar kannte sie weder die einzelnen Schauplätze ihrer Entführung noch die involvierten Personen, mit einer entscheidenden Ausnahme allerdings: Sie wußte Bashkims Vornamen, sein Elternhaus stand gleich um die Ecke. Oben auf dem Berg hatte sie auch noch einen zweiten Namen aufgeschnappt, Valdrin oder Valmir oder so ähnlich. Nichts davon gab sie an.

Doch als die Ermittler nach dieser unergiebigen ersten Befragung längst abgezogen waren, bestand Jelena plötzlich von sich aus darauf, Anzeige zu erstatten. Sie wußte auch nicht so recht, was diesen radikalen Stimmungsumschwung ausgelöst haben mochte, wahrscheinlich trugen die vielen Medikamente entscheidend dazu bei. Sie hing am Tropf, nahm verschiedene Tabletten und Kapseln ein, wofür, wogegen, ihr war es einerlei, sie hatte keinen Überblick.

Bashkim, dieser üblen Kreatur, und seinen Kumpanen sollte es noch leid tun, ihr schon vorher schwer ramponiertes Leben endgültig ruiniert zu haben. Wie eine ausgetrunkene Bierflasche, einen verbrauchten Kaugummi hatten sie sie mitten in der Nacht aus dem Auto geworfen, schwer mitgenommen zwar, aber lebendig, und das nicht etwa aus Gnade, sondern um sie ein weiteres Mal besonders perfide zu demütigen, mit garantierter Langzeitwirkung. Davon war Jelena überzeugt, und es machte sie wütend, ein Gefühl, das sie kaum mehr kannte.

Konnte es für richtige Eroberer Befriedigenderes geben, als ihre phantasierte Allmacht, ihre einzigartigen Unterdrückerqualitäten dadurch auszukosten, daß sie unbehelligt mitten unter den Eroberten lebten, als wäre nichts geschehen, dadurch, daß sie ihnen womöglich gar tagtäglich auf der Straße begegneten, ohne je Gefahr zu laufen, von ihnen zur Rechenschaft gezogen zu werden?

Sie wird sich hüten zu plaudern, wird Bashkims Kalkül gewesen sein, weil sie sich nach dem bisher Vorgefallenen ausrechnen kann, was ihr, der alleinstehenden jungen Serbin, in einem solchen Fall blühen würde. Aber in diesem Punkt hat er sich gehörig verspekuliert, war Jelena sich sicher, denn er geht fälschlich davon aus, daß ich an meinem elenden Leben trotz allem hängen würde.

Sie setzte ihre Hoffnung in die Seriosität und Effektivität der UNMIK, immerhin war ihr Name der internationalen Polizei schon seit dem verheerenden Brandanschlag vor drei Jahren gut bekannt, immerhin war sie seit einiger Zeit dort beschäftigt. Man würde Bashkim und die anderen festnehmen, aburteilen, für einige Zeit aus dem Verkehr ziehen. An danach mochte sie nicht denken, danach würde auf alle Fälle ohne sie stattfinden.

Bashkim mußte über irgendwelche Kanäle Wind von der Sache bekommen haben, denn er blieb zunächst wie vom Erdboden verschluckt. Und solange er nicht greifbar war, war auch nicht daran zu denken, die anderen Tatbeteiligten dingfest zu machen. Seine Leute stellten sich dumm oder wußten tatsächlich nicht, wo er sich aufhielt.

Man schlug Jelena nachdrücklich vor, sich direkt vom Krankenbett aus in jene neuropsychiatrische Klinik einweisen zu lassen, in der sie schon einmal gewesen war. Sie sei nicht die erste, der so etwas widerfahren sei, und wenn die Ressourcen in dem armen, gebeutelten Landstrich auch knapp seien, die Behandlungsmethoden vielleicht nicht ganz auf dem letzten Stand, alles andere wäre verantwortungslos, sie brauche jetzt unbedingt professionelle Hilfe, sie solle doch vernünftig sein.

Jelena aber wollte unter keinen Umständen ein weiteres Mal an sich herumdoktern lassen, als ob es darum ginge, ihre Seele wie ein zu Schanden gefahrenes Auto von Zeit zu Zeit notdürftig reparieren zu lassen, auf daß sie wieder für ein paar Jährchen leidlich funktioniere. Wofür bitte sollte sie funktionieren? Und für wen? Ihr fiel da nur sie selbst ein, die fürs eigene Funktionieren keinerlei Bedarf mehr sah.

Hatte die geliebte Mutter, seit Jelena denken kann geradezu ein Muster an Zurücknahme und Disziplin, sich nicht mit allem Recht ab einem gewissen Punkt unerträglich gewordener Leiderfahrung einfach ausgeklinkt, allem guten Zureden verweigert, die Hände in den Schoß gelegt und die Welt schon lange vor dem Tod hinter sich gelassen? Sie wollte es eine kleine Weile genauso halten und dann zum richtigen, selbst gewählten Zeitpunkt auf ewig aussteigen, sie wußte sogar schon, wie.

Jelena bestand also darauf, auf eigene Verantwortung heimgehen zu dürfen. Bis auf weiteres war sie krank geschrieben. Sie gab zwar an, zuhause versorgt zu werden, aber sie verständigte niemanden, sie versprach zwar, nach ein paar Ruhetagen zur ambulanten Therapie zu erscheinen, aber ihr großes Ziel war es, niemanden mehr sehen und hören zu müssen. Nie mehr. Sie kroch in ihr Bett, zog den Polster über den Kopf, die Decke über den Körper und wartete geduldig auf nichts.

Stärker noch als im Krankenhaus wird ihr jetzt, als sie stundenlang so daliegt, bewußt, daß selbst ihr letztes, bislang intaktes Rückzugsgebiet, nämlich sie selbst, nicht mehr wie gewohnt zur Verfügung steht. Seit der ersten großen Katastrophe hatte sie stets weit mehr Zeit als andere Jugendliche allein mit sich verbracht, phasenweise untätig, unfähig, sich mit etwas sinnvoll zu beschäftigen. Glücklich, zufrieden machte sie das natürlich nicht, weil nichts sie glücklich oder zufrieden machen konnte, aber es bot immerhin eine gewisse Erleichterung. Sie mußte keinen Ansprüchen als den eigenen genügen, keine Erwartungen bedienen außer die eigenen. Die aber waren mit Ausnahme des angestrebten Schulerfolgs sehr zurückgeschraubt.

So gut Tásos oder Zorka oder ein paar andere es zweifellos meinten, wenn sie ihr wieder und wieder schmackhaft machen wollten, mehr unter die Leute zu gehen, Jelena war, so absurd das klingen mag, manchmal direkt froh darüber, fast nur unter Albanern zu wohnen, die ihr fremd waren und ohnehin nichts wollten von ihr. Zwischen hier und der nächsten Gegend, wo mehr Serben lebten, darunter die wenigen ehemaligen Schulkolleginnen, mit denen sie noch losen Kontakt hatte, lagen etliche Kilometer Wegstrecke, was ihr Eremitentum genauso begünstigte wie ihre finanziellen Nöte.

Doch nun liegt dieser fremde, ekelige Schmutz mit ihr unter einer Decke, er hat sich regelrecht festgefressen an ihr, in ihr, Waschen würde da rein gar nichts helfen, nie mehr. Sie fühlt sich irreparabel besudelt, ihr Körper hat unwiderruflich die Seiten gewechselt. Sie versteht, sie erspürt ihn nicht mehr als buchstäblich begreifbaren Teil von sich, als einzig vertrautes Territorium, dem sie mitunter sogar vorsichtig zärtlich begegnete, wo doch sonst nirgendwo Platz war für Bedürfnisse dieser Art, sondern, wenn schon nicht komplett als Feindesland, so doch als besetzte Zone. Als erobert, ja, als erobert.

Sie ist nun also ganz auf ihren Kopf, ihren Verstand zurückgeworfen. Aber gerade ihn, in dem es so heftig arbeitet, will sie am liebsten stillgelegt, ausgeschaltet wissen, sie will ihm deshalb die Energieversorgung entziehen, nicht mehr essen, das Aufhören vorbereiten. Er soll keine Chance haben, sich zu wehren, wenn sie den finalen Akt setzt. Als es endlich Abend wird, legt Jelena den vorgeschriebenen Medikamenten eine zusätzliche Schlaftablette nach.

Dann steht plötzlich dieser fremde Mensch von vielleicht fünfzig Jahren mitten im Zimmer, sie hat gedöst, vielleicht sogar schon geschlafen, kurz glaubt sie, nur zu träumen, sie hat doch abgesperrt, wie zum Teufel ist er überhaupt hereingekommen? Schnell wird aus ihrer Verwirrung die reine Panik, denn er zieht ein langes Messer, prüft mit dem Daumen aufreizend die Schärfe der Klinge und fängt an zu reden: Daß das mit der Anzeige eine ganz schlechte Idee gewesen sei und man nicht erwartet habe, daß sie so dumm sein würde. Daß, was sie im Urlaub, er sagt tatsächlich: im Urlaub, erlebt habe, nichts, aber auch gar nichts gewesen sei im Verhältnis zu dem, was ihr bevorstünde, wenn sie die Anzeige nicht sofort zurückziehen würde.

Als er dann in Richtung Flur verschwunden ist, wagt Jelena noch viele Minuten lang nicht nachzuschauen, ob er das Haus wirklich verlassen hat. Sie hat die alte Holztüre nicht gehört, die beim Öffnen und Schließen jedes Mal penetrant knarzt. Was aber mag er da draußen in der Finsternis anstellen? Gar ein Feuer legen?

In der Finsternis! fährt es ihr jetzt durch den Kopf. Wie hat sie vorhin sein Gesicht so deutlich vor sich sehen können, wenn es doch absolut dunkel ist im ganzen Haus, wie das blitzende Messer, den prüfenden Daumen, sogar das Schwarze unter dem Nagel? Er hat doch keine Taschenlampe bei sich gehabt, oder etwa doch? Merkwürdig das alles. Die Panik ist verschwunden, Jelena kommt sich im Moment eher vor wie ein völlig übermüdeter Privatdetektiv. Sie will die Petroleumlampe ertasten, scheitert aber. Das nächste, was sie mitkriegt, sind die gewohnten Morgengeräusche, ein krähender Hahn, hupende Autos.

Langsam kehrt die Erinnerung an den nächtlichen Besucher wieder. Sie tapst leise hinaus in den Flur, die Haustüre ist von innen versperrt und zusätzlich verriegelt. Also doch geträumt, schließt sie daraus, als ihr Blick auf das gefaltete

Blatt Papier fällt, das unter dem Türspalt durchgeschoben worden sein mußte.

Auf ihm steht praktisch das gleiche, was der Mann gesagt hat. Oder besser: was sie wohl geträumt haben muß. Nur vom Urlaub ist nicht die Rede, dafür ist die Frist klar eingegrenzt. Binnen achtundvierzig Stunden müsse die Anzeige vom Tisch sein.

Inzwischen ist Bashkim festgenommen, und auch die anderen drei hat es erwischt. Jelena weiß noch nichts davon, als sie die Anzeige tatsächlich zurückzieht. Die Wut aus dem Spital ist verflogen, weit weg. Sie kann, sie will sich das alles nicht länger antun. Die Angst vor den jüngsten Drohungen, mit denen sie zwar gerechnet hat, nur nicht so schnell, ist keine Angst vor dem Tod an sich, sondern vor den grenzenlosen Abscheulichkeiten, zu denen diese Banden, ob albanisch oder serbisch, ohne Wimpernzucken imstande sind, wenn sie jemanden ausradieren wollen. Den ersehnten Tod kann, will, wird sie billiger haben.

Ursprünglich hatte sie vor abzuwarten, bis sie ganz schwach geworden wäre. Sie stellte sich vor, dann würde das Gift umso zuverlässiger und schneller wirken. Jetzt will sie das Verfahren abkürzen. Es wird schon gutgehen.

Um die verschissenen Klobecken auf der Toilette des UNMIK-Restaurants rasch sauber zu bekommen, stellte man Jelena einen besonders aggressiven WC-Reiniger aus der bekannten Produktfamilie Varikina zur Verfügung. Daß der sehr giftig ist, darüber besteht für sie kein Zweifel, außerdem läßt es sich ja auch auf der Flasche nachlesen. Eine solche hätte sie bei Gelegenheit bequem mitgehen lassen können, aber das schien ihr unpassend, ihr Stolz ließ es einfach nicht zu, jenes Hilfsmittel zu stehlen, das sie einlagern wollte, um es für den Fall der Fälle stets greifbar zu haben. Also holte sie es sich um eigenes Geld aus dem nächsten Geschäft. Seither verging kaum ein Arbeitstag,

an dem sie nicht, durch den Einsatz von Varikina darauf
gestoßen, ein paar kurze Gedanken an die Prozedur ver-
schwendete, die sie jetzt angeht, als ob es eine Routine-
angelegenheit wäre: Jelena stellt zwei Viertelitergläser auf
den Tisch, eines mit Wasser zum Nachspülen, in das zweite
gießt sie die zähe Flüssigkeit.

Wer so auf sich zurückgeworfen ist, so allein und ver-
stört, wer sich ungehindert in Dinge verrennen kann, weil
er seit langem alles mit sich selbst ausmachen muß, dem
kann unterlaufen, was normalen Menschen kaum vorstellbar
scheint. Sei doch um Gottes willen nicht so dumm, möchte
man Jelena in diesem Moment zurufen, das Zeug wird dich
nicht umbringen, dafür aber schwer verätzen. Du handelst
dir nur noch mehr Schmerzen ein.

Die Leute auf der Straße wenig später kennen sich nicht
recht aus, als Jelena mit komischen Verrenkungen und gur-
gelnden, völlig unverständlichen Lauten aus ihrer Bruchbude stürzt, Blut spuckt und dann zusammenbricht. Jemand
holt die Rettung. Sie hat das Varikina-Glas nur zur Hälfte
geleert.

Als ob es gestern gewesen wäre

Kurt kann auf ein sehr langes, reichlich abenteuerliches Leben zurückblicken. Kaum etwas ist, zumindest in seinem ersten halben Jahrhundert, auch nur annähernd so gekommen, wie er es sich vorgestellt hatte. Der behütete Wiener Gymnasiast, ein typisches Kind der Großstadt, fand sich plötzlich zwangsexiliert in einem abgeschiedenen Quäkerinternat irgendwo im ländlichen Nordosten Englands wieder, bald darauf, unmittelbar nach Ausbruch des Zweiten Weltkriegs und gemeinsam mit seinem Vater, als internierter feindlicher Ausländer mitten in der Irischen See auf der Insel Man und wieder nur eine kurze Weile später als jugendlicher Lagerinsasse in den weiten Wäldern Kanadas.

Es war seine in solchen Dingen inzwischen routinierte und penetrant hartnäckige Mutter, der es tatsächlich gelang, ihn dort herauszuholen, lange bevor sich für die meisten anderen festgehaltenen Flüchtlinge die Lagertore öffneten. Halbherzig fing Kurt in London darauf ein Studium an, verbrachte aber entschieden mehr Zeit mit den Aktivisten von Young Austria, die das Ihre dazu beitragen wollten, daß ein freies Österreich wiedererstünde. Die Rundfunkkommission, der er angehörte, belieferte britische Medien mit Nachrichten über Akte des Widerstands zuhause. Schließlich meldete er sich, als dies möglich wurde, freiwillig zur Royal Air Force, um innerhalb der britischen Streitkräfte an der Befreiung seines Heimatlandes mitzuwirken, das seiner Überzeugung nach unbedingt einen sozialistischen Weg einschlagen sollte, woran er nach Kräften mitarbeiten wollte.

Kurz bevor er seine Militärausbildung abgeschlossen hatte, war aber der Krieg vorbei, und sein Marschbefehl führte ihn statt zurück nach Österreich geradewegs nach Island. Es half alles nichts, er mußte seine Zeit abdienen, und das schien ihm trotz der Internierungserfahrung recht

und billig. Immerhin verdankte seine Familie der Großzügigkeit des Vereinigten Königreichs höchstwahrschein-
lich ihr Leben, denn wäre es Tante Elvira, den Eltern, der
Schwester und ihm nicht auf verschiedenen verschlungenen
Wegen ermöglicht worden, in dieses Land einzureisen und
zu bleiben, es wäre ihnen wohl ergangen wie jenen Onkeln
und Tanten, Cousins und Cousinen, die nicht so viel Glück
oder für unmöglich gehalten hatten, was kommen sollte,
und freiwillig ausharrten, bis es zu spät war.

Nur Onkel Heinrich und Tante Mimi samt den Kindern
schafften es nach Palästina, und ein junges Paar aus der
weiteren Verwandtschaft überlebte den Krieg tatsächlich
in Shanghai. Von den Zurückgebliebenen wurden alle
ermordet, einzig die Großmutter starb knapp zwei Jahre
nach Kurts Flucht und noch vor den systematischen Depor-
tationen eines mehr oder weniger natürlichen Todes. Heute,
als alter Mann mit achtundachtzig, sieht er sie, kurz bevor
er für immer abfuhr, ihren köstlichen Apfelstrudel in sein
Abteil reichen, als ob es gestern gewesen wäre. Damals hatte
er, den Blick gespannt auf Kommendes gerichtet, kaum
wirklich Notiz davon genommen.

Als Kurt im RAF-Stützpunkt Reykjavik langsam vom
ganzen Ausmaß der nationalsozialistischen Greuel erfuhr,
geriet sein Entschluß, so schnell wie möglich nach Hause
zurückzukehren, gehörig ins Wanken. Mittlerweile dort
eingetroffene Freunde schrieben ihm völlig entsetzt oder
mit bitterer Ironie, wie wenig die sogenannten Emigranten
daheim gelitten waren, daß der scheinbar besiegte Ungeist
noch in viel zu vielen Köpfen höchst lebendig herumspukte
und sie, die mit nicht viel mehr als dem nackten Leben
Davongekommenen, entgegen allen Erwartungen um halbwegs annehmbare Posten oder die Rückgabe ihrer Woh-
nungen regelrecht kämpfen mußten, oft leider vergeblich.
Widerwillig begann Kurt sich allmählich damit abzufinden,
eine neue Lebensperspektive gewinnen zu müssen. Für seine

Eltern dagegen war viel länger schon festgestanden, nie wieder einen Fuß auf österreichischen Boden setzen zu wollen. Sie fühlten sich durch die Neuigkeiten von dort weniger überrascht als bestätigt und freuten sich, daß endlich auch ihr naiv idealistischer Sohn kuriert war.

Es war nur folgerichtig und die reine Medizin für Kurt, daß er sich in dieser Phase maßloser Enttäuschung auf ein phantastisches isländisches Mädchen einließ. Ihre Ehe sollte denn auch bis hinein ins nächste Jahrtausend dauern. Die beiden ließen sich, vermeintlich auf Dauer, in Großbritannien nieder, Kinder kamen, er wurde praktischer Arzt wie sein Vater, der längst ebenfalls wieder in seinem Beruf arbeitete.

Seinen linken Überzeugungen blieb Kurt dem Grundsatz nach treu, auch wenn er sich nach Stalins Tod und den folgenden Enthüllungen, die er anfangs reflexartig als bloße Propaganda abtat, vom realen Sozialismus schrittweise zu distanzieren begann und nach den tragischen Ereignissen in Ungarn für sich einen endgültigen Trennstrich ziehen mußte.

Österreich spielte in den Fünfziger Jahren so gut wie keine Rolle in Kurts Leben. Nicht ein einziges Mal seit seiner Flucht war er dort gewesen, die Kontakte zu den Freunden von früher hatten sich aufgehört oder auf ein Minimum reduziert. Das lag zum guten Teil an ihm, denn natürlich brachten der anstrengende Beruf und eine schnell wachsende Familie jede Menge Verpflichtungen mit sich, aber als Erklärung reichten diese Gründe, wenn er ehrlich zu sich war, nicht aus. Er hätte sich eingestehen müssen, die Brücken vor allem zum Selbstschutz abgebrochen zu haben. Nur sah er damals keine Veranlassung zu diesem Eingeständnis, er blickte konsequent nach vorne. Deutsch sprach er meist nur noch mit den Eltern, und selbst da nicht mehr regelmäßig. Das Kapitel schien abgeschlossen.

Er war schon Mitte vierzig und haderte mit dem britischen Gesundheitswesen, als noch einmal in seinem Leben

kein Stein auf dem anderen blieb. Mit Kind und Kegel über-
siedelte die Familie nach Kanada, wo er einst interniert
gewesen war. Dort entschloß er sich sogar, noch eine Fach-
ausbildung zum Nervenarzt anzuhängen, Spezialgebiet
geriatrische Psychiatrie. Schließlich eröffnete er in Toronto
eine Praxis, die er erst mit vierundachtzig aufgab. Nebenbei
arbeitete er zeitweise auch als Universitätslehrer. Dr. Kurt
Lippmann hat über die Jahrzehnte hinweg bis vor kurzem
ausführlich und anerkannt vor allem zu Aspekten der Relevanz frühkindlicher Traumatisierung für die geriatrische
Psychiatrie publiziert.

Zerfallen ist das richtige Wort

Elfriede Kellermann ist auf dem Weg zu einem jungen Afghanen, der wahrscheinlich sein Leben lang behindert bleiben wird. Über ein halbes Jahr geht das jetzt schon so. Vergißt sofort alles. Wie ein Alzheimerpatient ist der. Redet ganz vernünftig und strukturiert, aber nichts bleibt.

Hielt sich seines labilen psychischen Zustandes wegen freiwillig in der geschlossenen Abteilung auf. Hat es nicht mehr ausgehalten, auf den Ausgang seines Asylverfahrens weiter zu warten. Schrieb der Behörde klipp und klar aus der Klinik, er werde sich in zwei Wochen umbringen, wenn er bis dahin keinen positiven Bescheid erhalte. Geschickt war das nicht, vielmehr anmaßend, legt man vernünftige Maßstäbe an. Darf man aber nicht. Hat natürlich niemandem etwas gesagt davon, und das Bundesasylamt ist kein Notarztteam. Der Brief lag dort herum, Tahir hängte sich also auf, und das in der Geschlossenen.

Frau Kellermann lebt mit ihrem Mann in einer bürgerlichen Villengegend. Bessere Adresse, ruhige Wohnlage, großer, wildromantischer Garten. Sie ist schon seit einigen Jahren Pensionistin. Als Kleinkind wurde sie mit ihrer Familie ausgebombt, wie das damals hieß. Kann sich natürlich nicht bewußt daran erinnern, selbst einmal ohne Obdach umhergeirrt zu sein, sagt aber, zwei Dinge, die mit derlei Leiderfahrungen in Zusammenhang stehen könnten, hätten sie von Jugend an abgeschreckt und zornig gemacht: Ungerechtigkeit und übermäßige Autorität.

Weiß mittlerweile oft selbst überhaupt nicht mehr, was gerecht ist und was ungerecht. Über Umwege zur Drehscheibe eines Grüppchens von ehrenamtlichen Flüchtlingsbetreuerinnen geworden, ist ihr inzwischen nichts Menschliches, nichts Unmenschliches mehr fremd. Auf allen Seiten, betont sie nachdrücklich.

Da gab es zum Beispiel den Afrikaner aus der Schubhaft, der daheim die Todesstrafe zu fürchten hatte, weil er,
ein halbes Kind noch, mit seiner Rebellentruppe in Uniform marodierend umhergezogen war und in den Nächten
unschuldige Familien erschlagen hatte, um sich das Wenige
anzueignen, das sie besaßen. Wenn er wenigstens auch ihr
gegenüber wie bei den Einvernahmen behauptet hätte, er
wäre zwangsrekrutiert worden. Aber nein, als Vierzehnjäh-
rigen, gestand er ihr, hätten ihn die Uniform, die Waffen,
das Abenteuer begeistert, gegen den Willen seiner Mutter
habe er sich aus freien Stücken den Rebellen angeschlossen
und gewissenlos die schlimmsten Verbrechen begangen. Der
Teufel hat mir die Hand geführt, versuchte er sein Verhalten zu erklären, aber Frau Kellermann kann mit so einem
Satz wenig anfangen.

Sie kam sich wie eine Art Mutter-, Großmutterersatz vor,
ohne sich dafür angeboten zu haben. Seine tränenreichen
Beichten hätte sie sich liebend gern erspart, denn der kom-
promißlose Kampf gegen die Todesstrafe, das zentrale Anliegen der Organisation, für die sie unentgeltlich arbeitete, war
das eine. Jemanden dabei zu unterstützen, Asyl zu erhalten,
um der Exekution zu entgehen, freilich mit der Aussicht,
daß ihm so überhaupt jede Sühne für sein mörderisches
Tun erspart blieb, war das andere. Der Mann erhielt wenig
später tatsächlich den begehrten Aufenthaltstitel, war frei,
konnte, im Unterschied zu seinen Opfern, ein neues Leben
anfangen. Gerecht ist das nicht.

Wesentlich häufiger passiert es Elfriede Kellermann
jedoch, daß ihr zu wenig Wahrheitsliebe zu schaffen macht
als zu viel. Daß sie sich vorbehaltlos einsetzt für Menschen,
die auch sie ungerührt mit gefälschten Dokumenten und
frei erfundenen Geschichten in die Irre führen. Daß peinlich endet, wofür sie Zeit, Energie, worin sie Vertrauen inve-
stiert hat. Und daß die Behörden sich in ihrer Härte, die sie
Konsequenz nennen, wieder einmal bestätigt sehen.

Frau Kellermann hat gelernt, sagt sie gefaßt, daß es Kulturen gebe, denen Wahrheit auch vom Überbau her bei weitem weniger bedeuten würde als unserer. Das sei nicht leicht zu verkraften, aber noch viel schwerer zu verkraften sei es, wenn ein reiches, aufgeklärtes Land im Zentrum von Mitteleuropa sich die Wirklichkeit zynisch zurechtbiege, wie das etwa in manchen Staatendokumentationen des Bundesasylamtes offensichtlich sei. Diese würden aber mit als Grundlage für haarsträubende Asylentscheidungen dienen. Die Faktenrecherche durch österreichische Behörden vor Ort liefe, wenn es sie denn überhaupt gibt, in manchen Gegenden ebenfalls höchst problematisch ab, auch da würde zuweilen erschütternd wenig objektives Erkenntnisinteresse walten, und für etwas Geld bekäme man in den betroffenen Ländern oft jede im doppelten Wortsinn gewünschte Auskunft. Wenn es sein soll, mit Stempel und allem Drum und Dran.

Ein anderes Beispiel: Werden Asylsuchende aufgrund der sogenannten Dublin II-Verordnung nach Griechenland abgeschoben, auch wenn dieser durch die Finanzkrise taumelnde, schwer angeschlagene EU-Staat formell zuständig sein mag für sie, nehme man billigend in Kauf, daß auch traumatisierte Flüchtlinge samt ihren Kindern, die in den Herkunftsländern Schlimmstes durchgemacht haben, buchstäblich auf der Straße landen und unter entwürdigenden Bedingungen absolut mittellos dahinvegetieren müßten, ganz abgesehen davon, daß Griechenland besonders restriktiv sei, was die Gewährung des Asylstatus anlangt.

Das alles laufe zweifellos nach geltendem Recht und Gesetz ab, räumt Frau Kellermann ein, aber es könne doch bitte nicht sein, daß die zufällig am Schengen-Rand liegenden, oft ärmeren EU-Länder die ganze Last aufgebürdet bekämen und wir, von sicheren Drittstaaten umgeben, auch die verhältnismäßig wenigen, die sich bis zu uns durchschlügen, ohne Unterschied postwendend zurückschicken würden, wenn sie dort bereits einmal erkennungsdienstlich behandelt worden seien.

Sie sehe sehr wohl ein, zu große einseitige Konzilianz würde von anderen Staaten leider ausgenützt werden, so naiv sei sie nicht. Aber Europa in seiner Gesamtheit hätte die verdammte Pflicht, in einer himmelschreienden Situation wie dieser nicht einfach wegzuschauen, sondern koordiniert zu handeln, sofort einen Abschiebestop nach Griechenland zu verhängen, mehr Flüchtlinge von dort aufzunehmen oder zumindest das nötige Geld für eine menschenwürdige Minimalinfrastruktur vor Ort bereitzustellen.

Was nicht alles über eine gemeinsame EU-Flüchtlingspolitik geschwafelt worden sei, wie viel geduldiges Papier man über die Jahre dazu beschrieben habe. Geschehen sei nichts in dieser lahmen Union, deren Mitglieder sich andererseits sehr wohl zügig abstimmen würden, wenn es um die Finanzmärkte geht. Aber notleidende Flüchtlinge seien nun einmal keine notleidenden Großbanken. Also wäre es doch das mindeste, zumindest in den reicheren Staaten auf eigene Faust Lösungen für die Ärmsten der Armen anzudenken. Was spräche dagegen zu sagen, wir verzichten bis auf weiteres bei Asylwerbern, die dem Regime der Dublin II-Verordnung unterworfen sind, auf eine Abschiebung nach Griechenland, wenn sie nach der österreichischen Gesetzeslage Asyl erhalten würden. Ihr habt genug gelitten, könnte man sagen, es ist euch nicht auch noch zuzumuten, auf unbestimmte Zeit in staubigen Athener Grünanlagen nächtigen zu müssen. Was bitte spräche ernsthaft dagegen, den Rechtsstandpunkt phantasievoll mit ein bißchen Humanität zu garnieren?

Jahrzehntelang hatte Elfriede Kellermann Amnesty International mit Spenden unterstützt. Nach dem Übertritt in den Ruhestand dockte sie dann aktiv an, weil sie sich als gelernte Lehrerin gut vorstellen konnte, in Schulen von Zeit zu Zeit fundierte und spannende Programme zur Wichtigkeit von Menschenrechten zu gestalten. Bald schon genügte es ihr aber nicht mehr, abstrakt dafür zu werben, während rundherum die Fremdenfeindlichkeit rasant zunahm und das Recht auf Asyl vom Gesetzgeber in kurzen Abständen mehr und mehr ausgehöhlt wurde. Sie wollte lieber konkret arbeiten, und zwar mit den Betroffenen. Welche Sogwirkung ein solches Engagement entwickeln könnte, davon habe sie sich keinen Begriff gemacht, sagt sie.

Im Verwandten- und Bekanntenkreis überwiege eindeutig die Skepsis gegenüber ihrem Einsatz. Warum sie sich das in ihrem Alter antue, wo sie doch endlich die verdiente Pension genießen könnte? Ob sie sich da nicht vor einen zweifelhaften Karren spannen lasse? Weshalb sie als gebildete Frau ausblende, daß wir über kurz oder lang nicht mehr Herr im eigenen Haus sein würden? Alles werde dauernd vermischt, und zwar gründlich, schüttelt sie den Kopf. Und das Verständnis für die wirklichen Zusammenhänge nehme selbst in ihrem Umfeld trotz geduldiger Erklärungsbemühungen leider eher ab, als daß es wachsen würde.

Frau Kellermann nimmt ihren Gesprächspartner mit in Tahirs kleine Zweizimmerwohnung. In der Klinik konnte der Mann nicht länger bleiben, in einer betreuten Wohngemeinschaft ist vorläufig kein Platz frei, also mußte er trotz der Schwere seiner Beeinträchtigung zurück nach Hause. Man hat einen unterkunftslosen Flüchtling, ebenfalls einen Afghanen, gewinnen können, ihn zu betreuen. Dafür darf er bei ihm wohnen. Tagsüber kommt Tahir während der Woche in einer Sozialeinrichtung unter.

Heute ist Samstag. Tahir freut sich sichtlich über den Besuch, mit der Besucherin verbindet er allerdings gar nichts, denn er hat keine Erinnerung an die weißhaarige Dame mit dem flotten Kurzhaarschnitt, die sich schon vor seiner Verzweiflungstat um ihn gekümmert hat. Als er nach erfolgreicher Wiederbelebung wochenlang im Koma lag, traf der positive Bescheid ein. Ob das eine mit dem anderen zu tun hat, kann Elfriede Kellermann nicht sagen. Tahir darf jedenfalls bleiben, aber er hat nicht mehr viel davon. Die Prognosen sind sehr ungünstig. Von Zeit zu Zeit besucht sie ihn, obwohl sie absolut nichts tun kann für ihn außer Süßigkeiten vorbeibringen. Die Abstände werden größer werden, ist sie sich sicher.

Mehrmals habe sie in diesen Jahren mit dem Gedanken gespielt, ganz tragische Fälle an eine größere Öffentlichkeit zu bringen. Immer wieder sei sie schließlich davor zurückgeschreckt, denn es schien ihr unwürdig, frivol, ein Ding der Unmöglichkeit, diese kaputten, völlig überforderten Menschen einem an sich ja erhofften Medieninteresse auszusetzen. Sie habe das Gefühl gehabt, sie könnten im Scheinwerferlicht regelrecht zerfallen, ja, zerfallen sei das richtige Wort.

Schluckvorgänge

Mehr als die körperlichen Schmerzen tut Jelena weh, daß sie am Schlußmachen wieder gescheitert ist. Noch dazu so kläglich. Sie hat sich den letzten Rest Selbstachtung ausgetrieben.

Was sie unbedingt vermeiden wollte, ist auf Umwegen prompt eingetreten: Von der Akutstation, wo es den Ärzten gelungen sein dürfte, chronische Folgen, etwa bedrohliche Narbenbildungen in der Speiseröhre und im weiteren Verlauf des Verdauungstraktes durch konsequentes Handeln weitgehend auszuschließen, führte ihr Weg über ein gewöhnliches Krankenhausbett direkt in die geschlossene Psychiatrie nebenan.

Man hat ihr gesagt, wenn sie nur fünf Minuten später eingeliefert worden wäre, hätte man nichts mehr für sie tun können. Vielleicht war das übertrieben, und sie fragte auch nicht nach, ob die Alternative gleich der Tod oder ein restlos ruinierter Verdauungstrakt gewesen wäre. Sie hatte sich jedenfalls völlig verkalkuliert, naiv damit gerechnet, bald das Bewußtsein zu verlieren und dann nichts mehr mitzukriegen von den Zurichtungen des Giftes im Körper.

Der lenkte sie nun wenigstens ab, ließ ihr kaum Zeit zum Grübeln. Eine Zeitlang war sie damit ausgelastet, gegen ihre heftigen Schluckbeschwerden anzukämpfen, indem sie gegen das Schlucken an sich ankämpfte. Auf weit mehr als tausend Schluckvorgänge bringt es der Mensch durchschnittlich am Tag, hat ihr ein Arzt erklärt. Der unwillkürliche Reflex würde dabei durch eine Vorbereitungsphase ausgelöst, die ihrerseits sehr wohl bis zu einem gewissen Grad beeinflußbar sei. Jelena mühte sich also ab, den jeweils nächsten Schluckakt möglichst lange hinauszuzögern. Auf diese Weise hatte sie ununterbrochen eine überschaubare Aufgabe, ihr Vegetieren war klar in einzelne winzige

Abschnitte gegliedert, am laufenden Band erlitt sie kleine Niederlagen gegen, feierte sie ebenso kleine Siege über das Wehtun, wenigstens über dieses Wehtun.

Eine Zeitlang wurde sie künstlich ernährt. Als es dann hieß, ab sofort könne sie sich gewisse Speisen vorsichtig wieder auf dem üblichen Weg zuführen, fügten sich die damit verbundenen Schmerzen vortrefflich zu ihrer grundsätzlichen Unlust an der Nahrungsaufnahme, und sie mußte sich vom Krankenhauspersonal einiges anhören, wenn sie den Teller wieder einmal kaum angerührt hatte.

In der Neuropsychiatrie oben im serbischen Norden des Kosovo kennt man Jelena bereits gut. Es gibt einen ausführlichen Akt, aber immer noch wenige Ressourcen. Eine regelmäßige und qualifizierte Psychotherapie etwa übersteigt eindeutig die Möglichkeiten. Die behandelnde Fachärztin weiß von Anfang an genau, daß einer todunglücklichen Frau mit einer solchen Patientengeschichte hier nicht wirklich zu helfen sein wird. In dieser Region wimmelt es nur so von Traumapatienten auf beiden Seiten, deren bedenklicher Zustand sich in erster Linie teils unvorstellbar brutal ausgetragenen ethnischen Konflikten verdankt. Es ist alles ein einziger Kampf gegen Windmühlen und der Fall Jelena Savicevic nach Lage der Dinge eines der von vornherein aussichtslosen Gefechte in diesem Kampf. Frau Dr. Milanovic muß sich trotzdem an die Arbeit machen.

Als Jelena ihr aber nach einigen Wochen, in denen sie den Mund kaum aufbringt, selbst mit dem Bild vom Auto kommt, das wieder und wieder notdürftig zusammengeflickt wird, weil es noch eine Funktion zu erfüllen hat, sie aber nicht wüßte, wofür man sie ein weiteres Mal zusammenflicken sollte, beginnt die Ärztin ernsthaft, sich eine gewagte Strategie zu überlegen.

Was Frau Savicevic widerfuhr, fällt selbst für die Gegend hier aus dem Rahmen dessen, womit sich Dr. Milanovic täglich herumschlagen muß. Bei dieser noch so jungen Patientin

kommt einfach alles zusammen: ein gewalttätiger, alkoholabhängiger Vater, der ihr schon früh jene Grundangst einimpfte, die nahtlos ihr ganzes bisheriges Leben durchzieht,
dann die dramatischen Verluste ihrer wichtigsten Bezugspersonen, der nicht zu unterschätzende Verlust des seit
Generationen in Familienbesitz befindlichen Wohnhauses
mit allen identitätsstiftenden Versatzstücken, angefangen
von den Fotoalben über die Dokumentenmappe bis hin zu
persönlichen Gegenständen der Kindheit, erneut ethnisch
motivierte Bedrohungen, verbunden mit schwersten
sexuellen Gewalterfahrungen, eine aus der ausgeprägten
PTBS nahezu zwangsläufig resultierende Arbeitsunfähigkeit, zumindest auf absehbare Zeit, große materielle Not,
weitgehende Isolation samt anhaltender Gefährdung in
ihrer bisherigen, an sich schon deprimierenden Wohnumgebung, das Fehlen jeglicher sinnstiftender Zukunftsperspektiven.

Kurz bevor Jelena nach insgesamt vier Monaten aus der
stationären Behandlung entlassen wird und bis auf weiteres, reichlich mit schweren Medikamenten versorgt, mindestens einmal in der Woche den umständlichen Weg in die
Klinik machen muß, rät Dr. Milanovic ihr mehr oder weniger unverblümt, sich vorzunehmen, mittelfristig alles hinter
sich zu lassen und ganz woanders von vorne anzufangen.

Als Medizinerin habe sie die Pflicht, jeweils die bestmöglichen Heilmittel anzuwenden. Jelenas spezieller Fall,
meint sie, ließe sich auf der organischen Ebene etwa mit
einem anfälligen Kumpel vergleichen, der im Begriff ist, sich
unter Tag im Bergwerk einen chronischen Lungenschaden
zu holen, wenn er nicht rasch umsattelt. Sie müssen sofort
raus aus der Grube, würde ein verantwortungsvoller Arzt
ihm raten, weg von dort, rechtzeitig in eine Gegend mit möglichst gesundem Klima umziehen und sich einen anderen
Job suchen, wenn Sie eine Zukunft haben wollen. Auch Sie,
Frau Savicevic, brauchen ein gesundes, ein von der Angst

befreiendes Klima, wenn wir Ihre Krankheit bei der Wurzel packen wollen.

Ich habe das alles natürlich nie so gesagt, das müssen Sie verstehen, meint Dr. Milanovic abschließend vertraulich, als sie Jelena auseinandergesetzt hat, jemand wie sie müßte im westlichen EU-Europa trotz aller Verschärfungen der Asylbestimmungen ohne Zweifel reelle Chancen auf ein Bleiberecht haben: Die außergewöhnlich schweren, gut belegbaren Traumatisierungen würden es praktisch unmöglich machen, sie eiskalt retour zu schicken. Bei wesentlich besseren Behandlungsumständen, intensiver Therapie, noch dazu in großer räumlicher Entfernung von den Quellen des Erlittenen und der daraus resultierenden Angst, ergäben sich automatisch ungleich günstigere Prognosen. Auch wenn das alles für sie im Moment utopisch klingen möge, mit ihrem Gymnasialabschluß könnte sie, einmal stabilisiert, dort vielleicht sogar die Putzfrauenkarriere hinter sich lassen, wenn sie später Kraft und Lust fände, sich weiterzubilden.

Sie wolle ihr aber reinen Wein einschenken und betonen, daß die wirkliche Hürde für jemanden mit ihrer Fragilität darin liege, das große Abenteuer zu bestehen, unbemerkt über die grüne, aber bewachte Grenze zu gelangen, zum Beispiel, weil es am nächsten liegt, nach Österreich. Dafür fehlten ihr momentan natürlich noch die psychischen Voraussetzungen, aber wenn sie vor sich selbst bereit wäre, sich ein solches Ziel zu stecken, hätte das Bemühen, sie wie ein beschädigtes Auto zusammenzuflicken, vielleicht auch in ihrem Fall eine wirkliche Funktion. Sie solle es sich in aller Ruhe überlegen, es bestehe überhaupt kein Grund zur Eile, ganz im Gegenteil. Überhasten wäre das Falscheste, was sie jetzt tun könnte.

Davon aber kann ohnehin keine Rede sein. Es dauert allein schon zwei, drei Wochen, bis diese Überlegungen so weit in Jelenas Bewußtsein sickern, daß sie richtig begreift, die Ärztin hat hier keinen allgemeinen theoretischen Vortrag gehalten, sondern sich mit ihrem Vorschlag ganz konkret auf sie, ausgerechnet auf sie bezogen.

Rundherum sind Tausende Hals über Kopf geflohen oder einfach emigriert in diesen schlimmen Jahren, nunmehr auch Serben, zuerst vorwiegend Albaner. Sie selbst würde nicht hausen, wo sie unterkriechen durfte, wären die albanischen Nachbarn geblieben. Trotzdem lag es Jelena bisher ungefähr so fern wie eine Mondreise, nach Österreich, Deutschland oder gar nach Skandinavien zu flüchten. Sie hatte gelernt, lernen müssen, sich so stark zu reduzieren, daß alles, was sie überforderte, was sie sich nicht zutraute, was sie zwangsläufig aus ihrem dünnwandigen Schneckenhaus treiben würde, konsequent ausgeblendet blieb.

Hier regierten Verzagtheit und Angst in ihr, radikale Veränderungen aber waren genauso angstbesetzt, am Schluß konnte sowieso nur wieder ein neues Scheitern stehen, warum sich das also antun? Wenigstens war die Angst hier am Ort vertraut, in gewissem Sinne berechenbar. Für jene einzig vorstellbare Veränderungsalternative, die tatsächlich Erleichterung versprach, für den Tod nämlich, hatte sie ihre Passivität gerne überwunden, allein es hat einstweilen nicht sein sollen. Aber nur ihn hatte sie, Medikamententherapie hin, Medikamententherapie her, nach wie vor im Visier, denn nach den Vergewaltigungen, die nun schon fast ein halbes Jahr zurücklagen, war an ein Weiterwursteln, ein Hierbleiben auf Dauer nicht zu denken.

Das ungefähr war der Stand der Dinge, als Dr. Milanovic Jelena überraschend mit dem Weggehen auf Dauer als Gesundungsprojekt konfrontierte. Ihr letztes wirkliches Projekt, der Schulabschluß, war zwar, stellt man ihre Lage in Rechnung, ebenfalls höchst anspruchsvoll gewesen, aber dafür war wenigstens alles präzise vorgegeben, der Rahmen, die Inhalte, die Schritte dahin. Damals ging es einzig und allein um den Willen, die Kraft, einen Punkt nach dem anderen abzuhaken.

Ins Ausland zu gehen, Jelena wehrt sich geradezu verbissen gegen das Wort flüchten, warum, das hätte sie freilich nicht zu sagen vermocht, ins Ausland zu gehen also stellt sie sich ungleich schwieriger vor, denn dafür fehlt ihr jedes Gerüst. Und doch, sie muß es vor sich zugeben, ein kleiner Lichtspalt hat sich aufgetan, immerhin dürfte Dr. Milanovic ihr prinzipiell zutrauen, dieses Projekt wenigstens in Angriff zu nehmen. Sie will es langsam angehen, den Ausgang Selbstmord dabei nicht aus den Augen verlieren, in sich hineinhorchen. Der Winter steht vor der Tür.

Etwas geht über diese Fragen

Bei Gericht wird der Sache auf den Grund gegangen.

Ein einfacher, ein klarer Satz. Immerhin muß so ein Verfahren doch auf gründlichen Erhebungen aufbauen, irgendwann zu einer Entscheidung führen, und sei es bloß die, daß es mangels Substanz wieder eingestellt wird. Daß ein für die Beteiligten oft folgenschwerer Spruch wohlbegründet ausfallen sollte, versteht sich ganz von selbst. Und so ziehen häufig einige Jahre ins Land, bis etwa bei großen Wirtschaftsdelikten das gesamte, in Laufmetern oder gar Domturmhöhen gemessene schriftliche Beweismaterial vollständig gesichtet und bewertet ist, bis der Prozeß unter Blitzlichtgewitter endlich beginnen kann.

Unter Umständen entfalten schon im Vorfeld Sachverständige verschiedenster Wissensgebiete eine rege gutachterliche Tätigkeit, sind komplexe forensische Analysen unumgänglich. Weder Kosten noch Mühen werden gescheut, damit am Ende als zweifelsfrei erwiesen gelten kann, wer denn tatsächlich der rechtmäßige Eigentümer dieser oder jener Liegenschaft, eines immens teuren Kunstwerkes sei. Himmel und Erde werden in Bewegung gesetzt, um den standhaft leugnenden Angeklagten als Täter zu überführen, auf daß er eine gerechte Strafe dafür erfahre, jemanden vom Leben zum Tod befördert zu haben: Mord, Totschlag, fahrlässige Tötung?

Wie war es wirklich? Und warum war es so? Welche Motive hatte der Verdächtige? Und was ist das überhaupt für ein Mensch, wie tickte er im entscheidenden Moment? Von Fragen dieser Art lebt die Kriminalliteratur, ihnen verdanken sich unzählige quotenkompatible Produktionen in Kino und Fernsehen, von Jahr zu Jahr finden sie ein immer größeres Publikum. Man müßte meinen, auch dem Rechtswesen selbst ginge, ganz gleich in welchen Bereichen der Justiz, nichts über sie.

Doch es gibt Ausnahmen: Bei Asylverfahren zum Beispiel ist es letzten Endes völlig unerheblich, wie es wirklich war, wie es ist, wenn sich eine länger zurückliegende, bisher nicht richtig zur Sprache gekommene oder ausreichend gewürdigte Tatsache zugunsten jener Person auswirken könnte, die dem Spruch des Gerichtes unterworfen ist.

Stellt sich nämlich eindeutig heraus, sie habe sich ursprünglich ungenügend oder gar falsch eingelassen, und das nicht etwa, um sich dadurch einen ungebührlichen Vorteil zu verschaffen, sondern zum Beispiel wegen eines schlichten Mißverständnisses, wegen grober Übersetzungsprobleme, krankheitsbedingter Gedächtnisausfälle oder Konzentrationsmängel, vielleicht auch aus schierer Angst oder aus Scham über die intimen Komponenten des Erlittenen, verliert das Asylgericht, wie politisch verordnet, in der Regel ganz schnell jegliches Interesse, der Sache auf den tatsächlichen Grund zu gehen. Und den freundlichen Rechtsvertretern von Betroffenen steht kein weiteres juristisches Instrument zur Verfügung, gegen den die Umstände verbrämenden Fachjargon, es liege kein neuer objektiver Sachverhalt vor, zu Felde zu ziehen.

Einmal gefällte Entscheidungen bleiben meistens unberührt, werden als entschiedene Sache bestätigt, auch wenn es sich ganz anders zugetragen haben sollte, wenn der tatsächliche physische oder psychische Zustand des Asylwerbers und Antragstellers ganz andere Schlüsse nötig machen müßte.

Vor dem Gesetz sind alle gleich. Noch so ein einfacher, klarer Satz. Oft freilich bezweifelt, von ausgewiesenen Fachleuten genauso wie vom Stammtisch, zumeist am berühmten Beispiel der großen und der kleinen Fische. Doch darum soll es hier nicht gehen, jedenfalls nicht im üblichen Sinne.

Kommt nämlich nach Verfahrensende etwas auf, das die Sache in neuem negativen Licht erscheinen läßt, dann gibt es in gewissen Fällen natürlich kein Hindernis, die längst gewährte Asylberechtigung zu widerrufen. Das gilt laut Paragraph sieben des Asylgesetzes für schwere Delikte wie Kriegsverbrechen, aber auch, wenn sich herausstellt, jemand habe den Mittelpunkt seiner Lebensbeziehungen in einem anderen Staat. Neuem positiven Licht geht bei ähnlichen Voraussetzungen die gleiche Strahlkraft ab. So interpretiert der Gesetzgeber die Waffengleichheit. Die Repräsentanten des Staates dürfen, was anderen verwehrt bleibt.

Moos zwischen den Zehen

Nach dem gemischten Tennisdoppel am frühen Sonntag-
abend, als es nicht mehr ganz so heiß ist, setzen sich die
vier noch auf ein Glas zusammen und kommen dabei auch
auf Valeries zehnten Geburtstag am nächsten Wochenende
zu sprechen, auf ihren Wunschzettel und das Kinderfest
im Garten.

Seit mehr als sieben Jahren wohnen die Zellwegers
und die Kratochwils nun Tür an Tür in dem gemeinsam
geplanten Doppelhaus. Valerie war eine Hausgeburt, und
weil damals schon die vage Aussicht auf einen eigenen Garten bestand, ließ Birgit Kratochwil es sich nicht nehmen,
den Mutterkuchen aufzuheben, bis sie ihn dort vergraben
können würde und darüber einen Baum pflanzen.

Im Tiefkühlfach habt ihr ihn die ganze Zeit geparkt, erinnert sich Rainer und schüttelt den Kopf, einfach unglaublich.

Dem Apfelbäumchen hat er jedenfalls gutgetan, schmunzelt Birgit. Wenn man sich nur anschaut, was in der Zwischen-
zeit daraus geworden ist.

Mit der Plazenta hat das sicherlich gar nichts zu tun,
hält Rainer dagegen. Ihr braucht euch doch nur die junge
Dame selbst anschauen, die in sechs Wochen ins Gymnasium wechselt. Man faßt es kaum, der reine Wahnsinn, wie
die Zeit vergeht.

Trotzdem wirft Rainer Zellweger später, kurz bevor die
Hochsommersonne untergeht, durchs Terrassenfenster
einen bewußten Blick auf den Apfelbaum drüben bei den
Nachbarn, der so tut, als wäre er schon ewig hier, ziemlich
lange jedenfalls. Überhaupt, die Natur hat sich rundum, so
gut es ging und unter Danielas tätiger Mithilfe, viel von dem
Terrain längst zurückerobert, das ihr der Hausbau abge-
zwackt hatte. Der Wilde Wein rankt sich am Vordach hoch,
und zwischen den Granitwürfeln der Garageneinfahrt an

der Nordseite hat sich Moos angesiedelt. Das bleibt, hat Daniela unmißverständlich erklärt, und Birgit sieht es genauso. Rainer ist das alles ein wenig zu romantisch beschaulich.

Im Moment aber ist er in Gedanken ganz woanders: Exakt sieben Jahre und drei Monate leben sie nun also schon in diesem Haus. Die wuchernde Vegetation da draußen illustriert die Ausmaße dieses an sich völlig abstrakten Zeitraumes wunderbar. Seit er sich neulich mit einem neugierigen Journalisten oder Sachbuchautor ausführlich, vielleicht sogar ein wenig zu ausführlich über seinen beruflichen Alltag unterhalten hat, ist Dr. Zellwegers Routinezugang zu seiner Arbeit vorübergehend ein bißchen angeknackst. Immer noch stehen da täglich Altfälle in Menschengestalt vor ihm, die sich, aus öffentlichem Interesse weitgehend zur Untätigkeit verurteilt, bereits sieben, acht Jahre im Land aufhalten, hoffen und bangen, Moos zwischen den Zehen vom langen Warten.

Morgen wird es durch sein Zutun wieder einer weniger sein, wenn nicht gar zwei.

Keine herkömmliche Arznei

Zwischen jenem Moment, als Jelena die ersten zaghaften Überlegungen zuließ, das Weggehen auf Dauer vor sich zum Projekt zu erklären, und der Umsetzung ihres inzwischen zum detaillierten Plan gereiften prinzipiellen Entschlusses vergingen gut anderthalb Jahre, sie vergingen unglaublich schnell und quälend langsam zugleich.

Da waren die an sich bereits gewohnten, nicht enden wollenden Perioden völliger Antriebslosigkeit, gepaart allerdings mit einer vor der Entführung weitgehend unbekannten, verstörend heftigen Abneigung gegen sich selbst. Stundenlange Weinkrämpfe ließen sich nicht und nicht unter Kontrolle bringen. Jelena fürchtete ernsthaft, verrückt zu werden, begann, selbst wenn sie wach war, was freilich oft einem indifferenten Dämmerzustand gleichkam, manchmal deutlich Stimmen zu hören, bekannte wie die der Mutter, aber auch völlig fremde. Das konnte leise, ja im Flüsterton geschehen, oder so laut und bedrängend, daß sie sich vergeblich die Ohren zuhielt. Sie bekam Vorhalte zu hören, Verhaltensanweisungen, manchmal Trost, dann wieder kompletten Unsinn, jedenfalls konnte sie sich oft keinen vernünftigen Reim darauf machen. Gelegentlich redeten zwei oder drei auch rücksichtslos durcheinander. Dr. Milanovic meinte, das sei nicht weiter überraschend und verschrieb ein zusätzliches Medikament.

Die Alpträume dagegen waren Jelena längst vertraut, auch wenn in ihnen neben anderen gewohnten Versatzstücken jetzt bedrohliche Männer vermehrt als bedrohliche Männer und nicht so sehr als bedrohliche albanische Nationalisten vorkamen. Sogar der eigene Vater versuchte wiederholt, ihr Gewalt anzutun. Sie fiel endlos, ohne aufzuschlagen, wurde in Uniform lebendig eingemauert, von der Feuerwehr für eine Brandübung angezündet, einmal gar gegen ihren Willen zur Ministerpräsidentin eines unabhängigen serbischen Nordkosovo gewählt. Bei einem Preisausschreiben hatte sie einen echten Tiger gewonnen, dessen Lieferung unmittelbar bevorstand, ihre Geschwister waren spurlos aus dem Kindergarten verschwunden, und ihr alter Arbeitsplatz bei der UNMIK verwandelte sich in eine österreichische Grenzstation, die sie blitzblank putzen mußte. In diesen Wochen, Monaten konzentrierte sich in Jelena, da mochten die Stimmen sagen, was sie wollten, alles auf die ungebrochen verlockende Alternative Notausgang Tod. Sie litt schlimm.

Wenn es ihr ein wenig besser ging, und auch solche Phasen gab es, sie wurden im Frühjahr 2006 sogar signifikant häufiger und länger, wenn es ihr also ein wenig besser ging, leistete Jelena sich die ersten vorsichtigen Erkundigungen über Fluchtmöglichkeiten und -wege. An manchen Tagen, die sie ohnehin in den Norden zur ambulanten Behandlung in die Klinik führten, plante sie Abstecher in eine serbische Bibliothek ein, wo sie Bücher über Deutschland, Österreich und über psychische Erkrankungen entlieh.

Mit dem in Zentraleuropa so berüchtigten Schlepperunwesen kam Jelena nie in Berührung. Sie hatte nicht nur kein Geld für solch eine überteuerte Dienstleistung, sie hatte auch Angst vor den meist zwielichtigen Dienstleistern. Wohl aber stieß sie über Umwege auf Kanäle, die Fluchtwillige mit zweckdienlichen Informationen versorgten, ohne davon finanziell profitieren zu wollen, ein inoffizieller zivilgesellschaftlicher Versuch, dem lukrativen Geschäft mit der Not das Wasser abzugraben.

Jelena redete sich während dieser tastenden, unverbindlichen Recherchen erfolgreich ein, Dr. Milanovics dringender Ratschlag, nur ja nichts zu überstürzen, ließe sich den vielen Pillen an die Seite stellen, die sie jeden Tag nach Vorschrift einnahm, um sich aufrecht zu halten. Eine Art Gebrauchsanweisung für den Heilbehelf Flucht sah sie darin und kam mithin einem ärztlichen Auftrag nach, wenn sie sich damit jede Menge Zeit ließ, sie mußte sich keine Vorwürfe machen. Was für eine Erleichterung.

Gott sei Dank war da niemand, der sie für viel Geld ausschließlich zu einem festgesetzten Termin X oder eben gar nicht an einem vereinbarten Ort erwarten, in einen vorbereiteten Hohlraum seines Fahrzeuges pferchen und, falls alles gut ging, am Ziel ihrer Wünsche daraus wieder entlassen würde.

Apropos Geld: Selbst gewöhnliche Fahrkarten für die weite Strecke würde es nicht umsonst geben, mindestens eine Übernachtung war fix einzuplanen, um ein wenig Entspannung zu finden, um nicht heruntergekommen und damit auffällig zu erscheinen, und selbst auf den Luxus eines Taxis sollte sie in der Not zurückgreifen können. Sie mußte also eisern sparen, es würde allein schon aus diesem Grund dauern, bis sie sich auf den Weg machen konnte. Auch dadurch fühlte sie sich vor sich selbst entlastet.

In ihrem kleinen Bekanntenkreis ahnte niemand etwas von Jelenas Vorhaben. Nicht einmal Zorka weihte sie in ihre Pläne ein. Mitwisser hätten sie zusätzlich belastet, verunsichert, Kräfte gebunden. Sie malte sich lebhaft aus, wie man sie spüren lassen würde, ihr ein solches Unternehmen nicht zuzutrauen. Oder wie man krampfhaft versuchen würde, sie derlei massive Zweifel nicht spüren zu lassen, was unter dem Strich auf dasselbe hinauslief. Und dann erst die möglichen guten Ratschläge: Doch nicht zu dieser Jahreszeit, über diese Route, in dieser Aufmachung!

Es war ganz allein ihr Projekt. Stützen wollte sie sich dabei ausschließlich auf die Informationen und die Tips des informellen Aktivistenkreises. Dort ging es herrlich unaufgeregt zu, nichts schnürte sie ein. Eines Tages ertappte sich Jelena schließlich dabei, ihren eigenen Fluchtweg zu entwerfen, die Planung war in ein konkretes Stadium übergetreten. Wann immer die Energie reichte, bereitete sie sich nun akribisch darauf vor, mit öffentlichen Verkehrsmitteln auf eigene Faust zweimal bis in die Nähe der Grenzen zu fahren. Getarnt als zünftige Wanderin, wollte sie sich auf abenteuerlichen, aber erprobten Routen, die ihr genau auseinandergesetzt worden waren, bis nach Österreich durchschlagen. Die gut bewachte Außengrenze der Festung Europa, des sogenannten Schengen-Raumes, würde dabei das entscheidende Kriterium sein.

Das Risiko bestand im wesentlichen darin, vorzeitig gefaßt und zurückgeschickt zu werden. Damit konnte Jelena leben, sofern sie ein solches Scheitern nicht ihrer eigenen Ungeschicklichkeit oder Naivität zuschreiben würde müssen. Überhaupt wurde sie, je näher der selbstgewählte, aber jederzeit verschiebbare Zeitpunkt des Weggehens rückte, fokussierter, konzentrierter, aktiver sowieso. Es überraschte sie, daß ihre Nervosität sich in Grenzen hielt, obwohl sie im bisherigen Leben nie auch nur eine halb so weite Reise unternommen hatte, ganz abgesehen von den Hindernissen und Hürden, die ihr bevorstanden, um an das ersehnte Ziel zu gelangen.

Sie führte diese Abgeklärtheit vor allem auf die Unwirklichkeit ihres Unterfangens zurück, denn so ein radikaler Aufbruch ins Ungewisse entsprach ganz und gar nicht ihrer Persönlichkeit, weswegen es ihr Gott sei Dank erspart blieb, sich übermäßig damit zu identifizieren: Sie befolgte auch damit nicht mehr und nicht weniger als einen ärztlichen Ratschlag. Punkt.

Daß ihr eigener Antrieb allein niemals dazu ausgereicht hätte, die zuhause allgegenwärtige Angst wenigstens geographisch hinter sich zu lassen, gegen die mit keiner herkömmlichen Arznei besiegbare Depression, gegen Stimmen und Alpträume durch einen Orts-, ja Weltenwechsel anzukämpfen, war ihr sehr wohl bewußt. Sie hatte inzwischen gelernt, diese Tatsache als betrübliche Ausformung ihrer Krankheit hinzunehmen, für die sie letzten Endes nichts könne. Mit niemandem in der Klinik außer mit Dr. Milanovic redete sie auch nur ein Sterbenswörtchen über die große Reise, und selbst zwischen der behandelnden Ärztin und ihr geschah das bloß auf einer grundsätzlichen Ebene, die jede Konkretion aussparte. Eines schönen Tages läßt Jelena Savicevic den vereinbarten Termin kommentarlos verstreichen.

Zeitig am Morgen besuchte sie noch das Familiengrab auf dem Friedhof, außer ihr war zu dieser frühen Stunde keine Menschenseele dort. Sie kam aus dem Heulen nicht mehr heraus, bis sie sich endlich doch losriß. Ein paar hingekritzelte Zeilen, es sei ihr nichts passiert, es gehe ihr gut, sie wolle anderswo ein neues Leben anfangen, das ist alles, was sie zurückläßt. Irgendwann wird man Nachschau halten. Zu Tásos, dem UNMIK-Polizisten, er ist vor einigen Monaten nach Griechenland zurückgekehrt, hat Jelena keinen Kontakt mehr, Zorka will sie aus Österreich schreiben, wenn sie nicht ohnehin in einigen Tagen wieder da sein wird. Sonst wird sie niemandem wirklich abgehen, glaubt sie.

Ein letztes Mal schließt sie gegen acht am Morgen die Haustür, sperrt ab, überlegt kurz, ob sie den Schlüssel mitnehmen soll, vergräbt ihn dann aber unter einer der Chilistauden im Nachbargarten, schultert den Rucksack, nimmt wie immer seit zwei Jahren einen kleinen Umweg Richtung Bushaltestelle, um nicht an Bashkims Elternhaus vorbeigehen zu müssen, obwohl der dort Gott sei Dank längst ausgezogen ist. Denkt sie an ihn, und bei jedem Fortgehen oder Heimkommen ist sie gezwungen, an ihn zu denken, steigt die Panik in ihr hoch, das Herz pocht in der Halsschlagader, die Hände werden feucht.

Mehrmals seit der Entführung wurde sie angepöbelt, verbal bedroht, einmal von einem Albaner tätlich angegriffen. Ist das viel, ist das wenig? Mit Bashkim dürfte der Vorfall nichts zu tun gehabt haben. Eigentlich die typische Geschichte: Er, um die dreißig und, wie er wohl glaubte, unwiderstehlich, sprach sie auf der Straße an, lud sie auf einen Drink ein, sie wollte ihn abwimmeln, er solle sie gefälligst in Ruhe lassen. Darauf er, plötzlich Nationalist statt Macho: Ob sie sich einbilde, etwas Besseres zu sein, sie solle schauen, daß sie sich endlich aus dem Staub mache, dies sei albanischer Boden und so weiter und so fort die alte Leier. Jelena beschleunigte ihre Schritte, da erhielt sie von hinten einen kräftigen Stoß, daß sie der Länge nach hinfiel und sich ein Knie leicht verletzte, eine Hand aufschürfte. Sie dachte nicht einmal daran, zur Polizei zu gehen, vollkommen sinnlos. Das war vor fünf Monaten.

Endlich kommt der Bus. Jelena steigt ein. Jetzt gibt es kein Zurück mehr. Keine zwei Tage später wird sie von Präsenzdienern des österreichischen Bundesheeres im Assistenzeinsatz auf einer Landstraße unweit der Schengen-Grenze aufgegriffen.

Alles hat problemlos geklappt. Mit Überlandbussen durchquerte sie ganz Serbien und quartierte sich für eine Nacht in einer kleinen Pension im Norden ein. Sie zahlte beim Einchecken, denn schon im ersten Morgengrauen wollte sie sich auf den Weg machen. An Schlaf war ohnehin nicht zu denken, sie duschte, rastete sich aus, studierte wieder und wieder die Landkarte. Die wenig gesicherte Grenze zwischen Serbien und Ungarn überwand Jelena in einem der wenigen Waldstücke dieser Gegend. Als sie, wie geplant, mitten im Unterholz auf einen kleinen See stieß, wußte sie, das war Ungarn.

Jetzt kam es vor allem darauf an, nicht aufzufallen, denn nur wenn sie im Transitland keine Behördenspuren hinterließ, würde Österreich für ihr Verfahren zuständig sein. Keine drei Kilometer neben ihrer Fluchtroute passierte eine Bahnlinie die Grenze. An der ersten ungarischen Station nahm sie den direkten Schnellzug nach Budapest, stieg dort nach längerer Suche, die ihre Nerven sehr beanspruchte, in einen Bus um, der sie bequem bis in die unmittelbare Nähe Österreichs brachte. Dort traf sie am Abend ein.

Jelena stand nun der gefährlichste Teil bevor, die gut gesicherte Außengrenze des Schengen-Raumes. Österreich war dabei nicht das Problem, dort wollte sie sich ohnehin umgehend stellen, aber man hatte ihr auseinandergesetzt, daß auch die Ungarn sich verpflichtet hätten, auf ihrer Seite verstärkt zu patrouillieren. Die Vororte der Stadt, in der sie ausstieg, reichten bis unmittelbar an die Grenze heran. Schon in Budapest hatte sie ihren Rucksack zurückgelassen, es ging jetzt darum, wie eine Einheimische auf dem Nachhauseweg zu wirken. Vorsorglich hatte sie, ihre Berater hatten wirklich an alles gedacht, ein paar ungarische Grußformeln einstudiert.

Bloß eine Handvoll persönliche Dokumente, die ihren Asylantrag untermauern sollten, führte sie in ihrer warmen Jacke mit sich, und in der kleinen schwarzen Umhängehandtasche befanden sich hauptsächlich Medikamente. So gut wie nichts als das, was sie auf dem Leib trug, begleitete sie ins neue Leben. Ihr schien das nur konsequent, besaß sie doch nicht einmal ein einziges Foto ihrer Mutter und ihrer toten Geschwister. Auch hatte sie alle Bus- und Bahntikkets vernichtet, damit sich ihr Fluchtweg nicht rekonstruieren ließ. Die letzte Wanderkarte wollte sie erst wegwerfen, wenn sie die Peripherie der Stadt verlassen würde, um unbemerkt die darauf eingezeichnete unbefestigte Forststraße einzuschlagen. Dann konnte sie ihr Ziel praktisch nicht mehr verfehlen.

Sie orientierte sich schnell, nur einmal zog sie sich in ein finsteres Durchhaus zurück, um im Schein der winzigen Taschenlampe zu prüfen, ob sie auf dem richtigen Weg war. Wie oft war sie diese Strecke mit dem Finger auf der Landkarte bereits unterwegs gewesen. Als sie nun jede Abzweigung auf Anhieb fand und bald schon die Straßenbeleuchtung der Stadt hinter sich ließ, streifte sie sogar ein Anflug von Stolz über ihre Leistung, ein Gefühl, das ihr völlig fremd war. Zuerst erschrak sie darüber, dann nahm sie es als gutes Omen für ihr neues Leben, von dem sie nur noch ein schwacher Kilometer trennte. Sie rechnete jetzt fix damit, es zu schaffen, und sie schaffte es.

Als sie glücklich den asphaltierten Güterweg erreichte, war alle Anspannung bereits von ihr abgefallen, obwohl ihr der Gang zur nächsten Polizeistelle noch bevorstand. Doch was sollte ihr passieren, sie war gerettet, von nun an konnte es nur noch aufwärts gehen. Beschwingt schlenderte sie den Weg entlang, Septembernebelschwaden hatten sich über die Landschaft gelegt, von der sie in der Dunkelheit nichts mitbekam. In den Einvernahmen würde sie ohne Abstriche bei der Wahrheit bleiben, nahm sie sich vor, immerhin hatte Dr. Milanovic mehrmals betont, sie sei geradezu ein Paradebeispiel. Was sie, gut dokumentiert, mitmachen habe müssen, nur weil sie einer Minderheit angehörte, würde sicherlich ein paarmal reichen, um ihr Asyl zu gewähren. Nur zur Fluchtroute würde sie sich dumm stellen.

Dann standen plötzlich die beiden bewaffneten Soldaten vor ihr, halbe Kinder noch. Sie will ihnen, wie ihr geraten wurde, gleich beim Erstkontakt auf englisch klarmachen, daß sie internationalen Schutz suche, daß sie Fürchterliches mitgemacht habe, daß sie Hilfe brauche. Die jungen Männer sind sichtlich nervös und wollen von Jelenas Geschichte nichts hören. Ob sie allein unterwegs sei? Jelena nickt und sagt ein paarmal: Asyl. Ja, ja, mitkommen, ist die Antwort. Der Größere nimmt Kontakt mit einer Polizeidienststelle auf, und wenig später ist sie, gut bewacht, auf dem Weg nach Wien.

Skrupel hat sie keine. In Ordnung, sie ist illegal eingereist in dieses Land, und es ist abzusehen, daß sie ihm in nächster Zeit Kosten verursachen wird. Aber sie wird Deutsch lernen, sie wird arbeiten, Jelena stellt sich einen Sozialberuf vor, Altenpflege zum Beispiel, sie wird Steuern zahlen und ein nützliches Mitglied der Gesellschaft werden, wenn Dr. Milanovic recht behält und sie ihre Vergangenheit, ihre

Krankheit in der neuen, positiven Umgebung tatsächlich in den Griff bekommt. Und falls sie die Hoffnung trügt, wird sie diesem Staat sicherlich nicht lange zur Last fallen, denn dann wird sie sich eingestehen müssen, fehl am Platz zu sein, fehl an allen Plätzen.

Während der Fahrt ist sie müde geworden, sie möchte nur noch schlafen. Erschöpft, unsicher, ängstlich, aber letztlich doch guten Mutes stellt Jelena sich der kurzen Erstbefragung. Immerhin: Seit der persönlichen Stunde null gleich nach der Jahrtausendwende haben sich zwei Riesenprojekte, die sie sich anfangs absolut nicht zutrauen wollte, in die Tat umsetzen lassen: Sie hat die Matura, und, viel unglaublicher noch, sie hat sich mit Erfolg hierher durchgeschlagen. Zum ersten Mal, seit sie denken kann, wagt sie vorsichtig, daran zu glauben, daß auch sie einmal Glück haben könnte. Sie wird sehen, was jetzt weiter geschieht, und rechnet damit, vorläufig in ein Flüchtlingsheim überstellt zu werden.

Daß sie die kommenden zwei Nächte in Wien und viele weitere aus Kapazitätsgründen über vierhundert Kilometer westlich in Schubhaft, also wie eine Verbrecherin im Gefängnis verbringen wird, erfährt sie erst in Raten. Sie ist wie vom Donner gerührt. Österreich setzt alle Hebel in Bewegung, Jelena postwendend nach Ungarn abzuschieben.

Dort allerdings ist eine Person ihres Namens unbekannt, die übermittelten Fingerabdrücke können auch niemandem zugeordnet werden, der sich gefälschter Papiere bedient hat und aktenkundig wurde. Diese Nachforschungen brauchen ihre Zeit, derweil steckt man sie zu vier Frauen in eine kleine Zelle. Sie liegt auf der Pritsche und starrt wieder einmal zur Decke. Bald weiß sie, daß man ihre schlimmen Träume mit eingesperrt hat, und auch die Stimmen melden sich zurück. Ein Brief an Zorka wird ihr gestattet, aber sie schreibt ihn dann doch nicht.

Herausgehängter Moralischer

Einer erwartet sich etwas vom anderen. Zum Beispiel, daß er nicht zu ihm kommt, weil es ihm einfach zu lästig, zu mühselig ist, sich mit ihm abzugeben. Daß er besser zu den Seinen gehen solle. Zur Familie, zum Clan, zur Sippe oder wie das auch immer heißen mag dort, wo er her ist. Und wenn er keine Leute mehr haben sollte, was wahrscheinlich sowieso gelogen ist, einem Volk wird er doch wohl angehören. Dann soll er eben bitte zu diesem Volk gehen, wenn er etwas braucht, und nicht zu uns, ausgerechnet zu uns.

So sieht es der Stammtisch, so sieht es das Gesetz. Wenn eine also, sagen wir einmal, vom Volk her Serbin ist und das Pech hat, unter feindlichen Albanern irgendwo im tiefsten Kosovo aufzuwachsen, wenn diese Kerle dann hergehen, ihr das Haus über dem Kopf anzünden, ihre Familie umbringen, sie selbst x-fach vergewaltigen, schlagen, bedrohen und was sie sonst noch an alten Balkanbräuchen aufführen von Zeit zu Zeit dort unten, dann liegt es doch auf der Hand, daß sie dorthin geht, wo die Serben, übrigens auch nicht gerade die reinsten Unschuldslämmer, unter sich sind, nämlich nach Serbien. Dann hat sie bestimmt eine Ruhe, und die Sache ist gegessen.

Daß so eine möglichst weit weg von echten oder vermeintlichen Verfolgern leben will und Serbien ein bißchen sehr nah ist, das ist zwar auf der rein menschlichen Ebene bis zu einem gewissen Grad schon nachvollziehbar, nur, da müßte sie sich, wenn sie wirklich konsequent wäre, am besten gleich ganz oben am Nordpol niederlassen. Bei den Eisbären aber wird es ihr wahrscheinlich zu ungemütlich und zu kalt sein. Da ist ihr ein gemachtes Bett bei uns natürlich wesentlich lieber, auch wenn es viel näher bei den Bösewichten steht.

Und daß sich die Prinzessin zu allem Überfluß auch noch einbildet, partout nicht in Serbien leben zu können, weil die jahrzehntelange albanerfeindliche Politik ihres eigenen Volks eine Mitschuld an ihrem Unglück haben soll und sie deshalb von den Serben genauso die Schnauze voll hat, also bitte, wo kommen wir da hin? Wir haben alle dauernd von irgendetwas die Schnauze randvoll und können auch nicht zu einem komplett Unbeteiligten hingehen und ihm die Rechnung dafür unter die Nase halten.

Das erinnert einen irgendwie an die vielen Juden, nicht, die auf einmal auch nicht mehr heim nach Österreich wollten nach dem Krieg, als ihnen keiner mehr ein Haar gekrümmt hätte. Wir waren verarmt und ausgebombt, und sie sind zufrieden drüben im reichen Amerika gesessen oder sonstwo. Da haben sie dann den Moralischen heraushängen lassen und sind sich zu gut vorgekommen. Nur zum Forderungen-Aufstellen, dafür waren sich die feinen Herrschaften dann doch nicht zu gut.

Im Endeffekt ist es eh besser so, daß sie weggeblieben sind, auch wenn man das natürlich nicht laut sagen darf. Die haben nämlich überall auf der Welt vollkommene Narrenfreiheit, da braucht man nur das Beispiel mit den Palästinensern hernehmen. Wie es ihnen gerade in den Kram paßt, springen sie um mit denen. Da sind sie nicht zimperlich. Das dürfte sich sonst niemand erlauben, niemand, sage ich Ihnen.

Einer erwartet sich etwas vom anderen. Zum Beispiel, daß er nicht zu ihm kommt.

Konturen

Anfang der Sechziger Jahre erst, da lebten sie noch in Manchester, gelang es Kurts Frau, ihn zu einer Urlaubsreise dorthin zu überreden, wo er ursprünglich herkam. Tinnas langgehegten Wunsch, ihre Neugierde befriedigen und seinen Wurzeln nachspüren zu dürfen, hatte er mehrmals schon abgeschlagen. Als sie aufbrachen, empfand er nichts als Bitterkeit. In der Schweiz mieteten sie ein geräumiges Auto und tasteten sich so samt den Kindern und einem großen Zelt von Westen heran an die Plätze seiner Jugend. Es ging ihm, wie erwartet, schlecht dabei, und als er schließlich neben dem Eingang zu dem graubraunen Mehrparteienhaus aus der Gründerzeit, in dem er einst als Kind gelebt hatte, immer noch deutlich die Konturen des vor fünfundzwanzig Jahren abgeschraubten Messingschildes ausmachen konnte, das auf die väterliche Praxis eine Etage unter der Privatwohnung verwiesen hatte, verzichtete er darauf, das Gebäude zu betreten.

Spuren des großen Zivilisationsbruches waren da, aber sehen konnte sie anscheinend nur, wer um sie wußte, wissen wollte. Man hatte sich offenbar darauf geeinigt, so zu tun, als wäre nichts geschehen.

Kurt traf alte Freunde, das tat ihm wohl und weh zugleich, und selbst über dem Genuß seiner ehemaligen Lieblingsspeisen lag als Grundton eine lästige Wehmut, da konnte auch das eine oder andere Glas guten Weins nicht wirklich darüber hinweghelfen. Am wohlsten fühlte er sich noch in den Bergen, wo er vor Ewigkeiten als Halbwüchsiger mit seinem Vater herumgekraxelt war. Viel Natur, wenige Menschen. Nach den drei Wochen dachte er am Ende der Ferien: Das war es. Und zwar für immer. Definitiv.

Viel später, als die mittlerweile in die Jahre gekommenen jüdischen Verjagten ganz offiziell zu einem Besuch ihrer alten Heimat eingeladen wurden, ließ ihn vor allem seine lebenslang mangelnde Verbundenheit mit dem Judentum zögern, an diesem Programm teilzunehmen. Immerhin, ganz ausschließen wollte er es nicht mehr, sich irgendwann doch dafür anzumelden. War es das Alter, das ihn milder stimmte? Waren es die neuen Töne, die da anklangen?

Die Nachrichten aus Österreich waren allerdings reichlich zwiespältig: Einerseits wurde, was einst fleißig unter den Teppich gekehrt wurde, jetzt tatsächlich breit und kontrovers diskutiert, und es hätte ihn schon gereizt, im Rahmen solch einer letztlich wohl aussichtslosen Versöhnungstour vor ein paar Schulklassen aufzutreten, als Zeitzeuge dafür zu werben, daß sich nie mehr wiederhole, was war. Andererseits gab es da jetzt einen neuen rechten Rattenfänger, dem die Wähler in Scharen zuliefen. Auf der ganzen Welt verhalf er dem kleinen Land im Herzen Europas, das man sonst, wenn überhaupt, mit Mozart und dem Neujahrskonzert, den Lipizzanern und mit tollkühnen Schifahrern in Verbindung brachte, zu negativen Schlagzeilen.

Seltsam, ausgerechnet dieser widerliche, Tag und Nacht zynisch grinsende Mensch aus einschlägigem Elternhaus mit seinen eindeutig zweideutigen Anspielungen, der komplexen neuen Problemstellungen mit simplen alten Antworten begegnete, in denen vor allem, wie damals, Sündenböcke eine zentrale Rolle spielten, ließ Kurts Aufmerksamkeit wieder näher an jenes Land heranrücken, dessen Staatsbürgerschaft er trotz aller Distanzierung nie zurückgelegt hatte, weil er ihm nicht die Freude machen wollte, ihn ganz losgeworden zu sein.

Und dann fuhr, flog er doch wieder hin. Was den alten Leuten, die aus der ganzen Welt angereist waren, von ihren Gastgebern geboten wurde, beeindruckte ihn. Kurt wurde schnell klar, was ihn diesmal leichter atmen ließ. Es war die befreiende Erkenntnis, hier wurde, was die Zeit seiner Jugend anlangte, mittlerweile tatsächlich Tacheles geredet.

An markanten Plätzen im Stadtzentrum gab es nun, keineswegs verschämt versteckt, beeindruckende Denkmäler für das Geschehene, für die Opfer. Vielleicht, dachte er sich, vielleicht hatte es ausgerechnet dieses kantigen und gleichzeitig doch so aalglatten politischen Marktschreiers und Brunnenvergifters bedurft, um endlich die zeitgeschichtslose Selbstzufriedenheit der ansonsten erstaunlich erfolgreichen Zweiten Republik aufzubrechen.

Als hilfreich empfand Kurt zudem, daß er für die gesamte Dauer des Willkommensprogramms mit anderen Ex-Wienerinnen und -Wienern zusammengespannt war, die ein ähnliches, oft noch viel schlimmeres Schicksal erlitten hatten, sich ähnliche Fragen stellten, dem Zuhause von einst in ihrer Mehrzahl anfangs meist ähnlich distanziert bis skeptisch gegenüberstanden wie er. Nur wenige blieben bis zur Abreise bei dieser Haltung. Kurt hängte noch eine Woche privat an, eine gute Entscheidung, wie er im nachhinein feststellte.

Er hatte nach dem Tod des Vaters nur noch wenig deutsch gesprochen, selbst mit der Mutter und mit seiner Schwester Klara, die seit vielen Jahrzehnten in New York lebte, redete er automatisch englisch. Er war sich nicht sicher, ob sein Sprachgefühl für solche Feinheiten noch ausreichte, aber als er beim Rückflug aus Wien Bilanz zog, schien ihm für sein neues Verhältnis zur alten Heimat das Wort Aussöhnung passender als Versöhnung, das ihm zu sehr nach: Schwamm drüber! klang. Man hatte sich ausgesprochen, konnte wieder miteinander, von eitel Wonne allerdings weit und breit keine Spur, wie auch? Alles wieder Liebe und Grießschmarren, hatte es in seiner Kindheit aus dem Mund der Eltern geheißen, wenn die heftige Auseinandersetzung unter den Geschwistern endlich vergessen war. Vergessen war nichts. Seit er sich auf dem alten Westbahnhof zum Abschied beim Anfahren des Zuges ein letztes Mal aus dem Abteilfenster gelehnt und gewinkt hatte, waren nun exakt sechzig Jahre vergangen.

Die brieflichen Kontakte mit alten Freunden und ihren Kindern verstärkten sich, die Besuche wurden häufiger. Als das Internet in Mode kam, machte Kurt sich erstaunlich schnell damit vertraut und tauchte so, als er, Witwer geworden, vor einigen Jahren endlich seine Praxis aufgab, verstärkt ein in die moderne Welt kurzer Kommunikationswege und einer faszinierenden Unmittelbarkeit. Für jemanden wie ihn, dessen Nachkommen über den Planeten verstreut in Sydney und München, Dublin und Ottawa lebten, war diese Erfindung zuvorderst ein privater Segen, aber sie ermöglichte ihm auch gesellschaftliches Engagement vom Schreibtisch aus, das ihn neben vielfältigen Aktivitäten wie regelmäßigem Schwimmen und ausgedehnten Spaziergängen, zahlreichen Reisen und dem Verschlingen von Büchern bis heute jung hält.

Neuerdings findet sich sein Name auch in den Verteilern von zivilgesellschaftlichen Organisationen mit Schwerpunkt Menschenrechte, und das sowohl in Kanada als auch in Österreich. Im hohen Alter setzt er seinen Namen elektronisch bald unter weltweite Kampagnen, die zum Beispiel eine bereits angesetzte Steinigung im Iran verhindern wollen, bald unter rein österreichische Initiativen, die, meistens mit Bezug auf aktuelle Fälle, ein humaneres Fremdenrecht einfordern. Geht es um dieses Thema, vergißt er nie, in Klammer hinzuzusetzen: Aus Österreich 1938 verjagt und Gott sei Dank von Großbritannien aufgenommen.

Seltsam, wie sich der Bogen schließt. Um 1960 hätte Kurt mit Ausnahme von Bundeskanzler und Bundespräsident keinen einzigen der damals in Amt und Würden befindlichen österreichischen Politiker zu nennen gewußt, sie lagen ihm unendlich fern. Jetzt ist ihm eine ganze Reihe von ihnen nicht nur namentlich geläufig, er weiß genau, wofür sie stehen, und es läßt ihn alles andere als kalt.

Daß er sein Einkommen für gute Zwecke selbst besteuert, hängt Kurt nicht an die große Glocke. Er hat keine materiellen Sorgen, und seine Kinder, die älteste Tochter ist jetzt zweiundsechzig, haben es auch alle zu einigem Wohlstand gebracht. Ein Teil der Spenden geht an die NGOs, denen er sich verbunden fühlt, je fünfzig Euro im Monat direkt an zwei mittellose, relativ junge Flüchtlinge in Österreich, die ihm über vertrauenswürdige Netzwerkkanäle empfohlen wurden.

Trotz jeweils besonders haarsträubender Schicksale und damit zusammenhängender Erfahrung in der geschlossenen Psychiatrie stehen sie Jahre nach ihrer Flucht immer noch ohne gesicherten Aufenthaltsstatus da und müssen jederzeit mit ihrer Abschiebung rechnen. Jama kommt ursprünglich aus Somalia und Jelena aus dem Kosovo. Bei seinem jüngsten Österreichaufenthalt voriges Jahr hat Kurt J & J, wie er die beiden, englisch ausgesprochen, bei sich nennt, auch persönlich kennengelernt. Sein ehemaliges Gymnasium hatte für ein großes Interview- und Buchprojekt die letzten lebenden, einst aus rassischen Gründen der Schule Verwiesenen nach Wien eingeladen. Er hat sich sehr darüber gefreut.

Ethnisch motivierte Ereignisse

Gegen Ende jenes Jahres 2009, in dem Jelenas neuerlicher Antrag auf internationalen Schutz vom Bundesasylamt wegen entschiedener Sache abschlägig beschieden wird, obwohl selbst die österreichischen Behörden freimütig einräumen, ein effektiver Schutz gewaltbedrohter Frauen sei im Kosovo kaum auszugestalten oder gar zu garantieren, werden die aktuellen *UNHCR-Richtlinien zur Feststellung internationalen Schutzbedarfs von Personen aus dem Kosovo* vorgestellt. Sie schlagen in die gleiche Kerbe. Gesellschaftliche Ausgrenzung von Minderheiten wie Serben oder Roma sowie Gewalt und Diskriminierung gegenüber Frauen würden zu den schwersten immer noch vorkommenden Verstößen gegen die Menschenrechte im Land gehören, heißt es in diesem Dokument des Hohen Flüchtlingskommissars der Vereinten Nationen.

Auch nach der einseitigen Unabhängigkeitserklärung bleiben Gewaltausbrüche und Misshandlungen gegenüber Angehörigen der Minderheitengemeinschaften und ihrem Eigentum ein schwerwiegendes Problem. Berichten zufolge kann die KPS viele mutmaßlich ethnisch motivierte Ereignisse nicht aufklären, und es wird davon ausgegangen, dass diese Ereignisse nicht gemeldet werden. Abgesehen von sporadischen Schießereien und Mordfällen sind Angehörige von Minderheitengemeinschaften weiterhin Opfer ethnisch motivierter Ereignisse wie beispielsweise tätliche und verbale Angriffe oder Bedrohungen, Brandstiftungen, Steinwürfe, Einschüchterungen, Belästigungen und Plünderungen. Viele Beobachter sind der Auffassung, dass die Behörden bei ethnisch motivierten Misshandlungen und Gewalttaten nicht in der Lage oder nicht willens sind, für die Einhaltung der Gesetze zu sorgen. In ethnisch gemischten Gebieten gehören die Mitarbeiter der Strafverfolgungsbehörden ganz überwiegend der mehrheit-

lich vertretenen Ethnie an, was den Eindruck verstärkt, dass Straftaten gegenüber Minderheitengemeinschaften straflos bleiben und auf Gleichgültigkeit stoßen.

Beim Umgang mit dem Problem des Menschenhandels, heißt es weiter, sei der Kosovo als Ursprungs-, Transit- und Zielland von Frauen und Kindern, die zwecks kommerzieller sexueller Ausbeutung über die Landesgrenzen hinweg verschleppt werden, nur begrenzt erfolgreich.

Die in allen Bereichen der Gesellschaft, darunter Regierung, Sicherheitskräfte sowie die Gerichte, verbreitet anzutreffende Korruption, lange Anreisewege sowie schlechte und unregelmäßige öffentliche Verkehrsmittel würden den Zugang zu Gesundheitsleistungen erheblich erschweren. Das System sei derzeit einfach nicht in der Lage, allen Bedürfnissen Kranker gerecht zu werden, die Qualität der Versorgung grundsätzlich problematisch. Für den Fall, daß bei Asylwerbern aus der Region Kosovo die Kriterien für die Flüchtlingseigenschaft im Sinne der Genfer Konvention nicht erfüllt seien, werden die Möglichkeiten des Anspruchs auf subsidiären Schutz hervorgehoben.

Diese Richtlinien wollen *Regierungen und nicht-staatliche Beratungsstellen* dabei unterstützen, *die internationalen Schutzbedürfnisse von Asylsuchenden zu bewerten.* Sie beinhalten, so die UNHCR-Experten, *eine maßgebende rechtliche Auslegung der Flüchtlingseigenschaft hinsichtlich bestimmter Gruppen auf der Grundlage objektiv bewerteter sozialer, politischer, wirtschaftlicher Umstände, der Sicherheits- und Menschenrechtslage sowie humanitärer Bedingungen in dem betreffenden Herkunftsland.*

Wer es besser weiß, braucht sich um diese Empfehlungen auf fünfundzwanzig eng beschriebenen Seiten natürlich nicht zu scheren. Die Entscheidungsgewaltigen hierzulande wissen es offenbar besser.

Ausgang

Wir wollen, daß es ausgeht. Ob gut oder schlecht, das ist zweitrangig. Wir wollen, daß es ausgeht, und das zum richtigen Zeitpunkt. Wir wollen dem Ende entgegenfiebern oder es hinausschieben, weil wir uns davor fürchten, wir wollen uns befreit wissen, wenn der richtige Moment verpaßt wurde, wenn die Sache zäh wird. Wir überlegen in solchen Fällen ernsthaft, das Kino noch während der Vorstellung zu verlassen, das halb gelesene Buch einfach zur Seite zu legen, wir haben die Fernbedienung des Fernsehers schon in der Hand.

Auch Jelena will nichts sehnlicher, als daß es ausgeht. Nur hat sie nicht den geringsten Einfluß auf den Gang ihres Verfahrens. Es gibt gewisse Richtwerte, erklärt ihr der Anwalt, ungefähr drei Jahre Wartezeit zum Beispiel bei Anrufung des Höchstgerichtes. Die sind längst überschritten bei ihr. Es rührt sich nichts. Sie muß sich weiter in Geduld üben, obwohl sie in dieser anstrengenden Disziplin ohnehin geübt ist wie wenige.

Sie hat sogar länger zu warten, als dieser Roman ihr Platz einräumen will dafür, über die letzte Seite hinaus nämlich. Natürlich ließe sich das ändern. Dem Publikum zuliebe und seinen Bedürfnissen. Andererseits: Gibt es einen vernünftigen Grund, daß es der Leserschaft besser gehen soll als ihr?

Was also ist der Stand der Dinge? Nach ihrer letzten Entlassung aus der geschlossenen Psychiatrie mußte Jelena nicht wieder in die abgelegene Flüchtlingspension auf dem Land zurückkehren. Sie lebt jetzt in der Stadt, wo sie ambulant besser behandelt werden kann, im fünften Stock eines schon ein wenig heruntergekommenen Wohnblocks aus den Sechziger Jahren. Die winzige Garconniere dort hat ihr die Caritas besorgt. Diese erste echte Wohnung nach sieben Jahren der primitiven Provisorien im Kosovo und in Österreich empfindet Jelena als wahren Luxus, und doch wagt sie es nicht, sich wirklich häuslich einzurichten, soweit das ihre Not überhaupt erlauben würde. Sie existiert hier auf Abruf, in sich und sonst auch.

Für den Luxus der eigenen Kleinwohnung also wendet sie einen Gutteil ihrer geringen finanziellen Grundversorgung auf, denn der Mietzuschuß von kaum mehr als hundert Euro reicht bei weitem nicht. Wäre da nicht seit einiger Zeit ein uralter, leicht schrulliger Mann aus Kanada, der sie über weiß Gott welche Kanäle ausfindig gemacht hat und ihr ganz ohne Gegenleistung jeden Monat etwas Geld zukommen läßt, selbst eine dermaßen anspruchslose Person wie Jelena käme so kaum über die Runden.

Wie aus einer anderen Welt hereingebeamt erscheint ihr dieser seltsame Wohltäter, und das nicht in erster Linie wegen des geographisch fernen Kanada, sondern wegen der nach Jelenas Empfinden riesigen zeitlichen Entfernung zu den ihn prägenden Ereignissen seiner Jugend. Sein älterer Bruder, vielleicht war es auch ein Onkel, wurde unter Hitler als Jude verfolgt und wollte sich, völlig unvorstellbar ist das für Menschen ihrer Generation, noch vor dem Balkanfeldzug der Deutschen von hier ausgerechnet in die Gegenrichtung, ins damalige Königreich Jugoslawien in Sicherheit bringen. Das hat Lippmann ihr jedenfalls so erzählt, als sie den rüstigen, quicklebendigen Mann bei einem seiner Österreichbesuche kurz im Kaffeehaus traf. Der Bruder ist von den Nazis an der Grenze erschossen worden.

Lippmann selbst und seine Eltern mußten klarerweise ebenfalls flüchten, aber er dürfte das alles ganz gut verdaut haben, denn der weißhaarige Greis, fast viermal so alt wie Jelena, dürfte auch viermal so viel Energie haben wie sie, war ihr Eindruck. Er bereitete gerade wieder einmal einen Umzug vor, aber nicht etwa ins Altersheim, sondern nur in die Nähe seiner Tochter, die in der kanadischen

Hauptstadt lebt. Wie man in seinem Alter noch so viele Pläne haben kann.

Anita, von der gleich die Rede sein wird, dieser Herr Lippmann und natürlich Familie Jovanovic sind irgendwie Geschenke des Himmels für Jelena. Sie ist nicht wirklich fromm, doch der scheinbar angestaubte Satz, wonach der Mensch in der Not beten lerne, hat in ihrem Fall durchaus etwas für sich. Jedenfalls trägt sie seit Jahren bewußt einen kleinen Anhänger um den Hals, die winzige Kopie einer alten orthodoxen Pantokrator-Ikone: Christus als Weltenherrscher, nicht als zerschundene Leidensgestalt am Kreuz, wie das im Katholizismus üblich ist.

Jelenas alltägliche Verpflichtungen sind überschaubar, sie hält sie, außer es geht ihr einmal an einem Tag über die Maßen schlecht, penibel ein: Da ist der Deutschkurs, da sind die Termine bei den Ärzten, beim Therapeuten. Sieben verschiedene Medikamente muß sie im Moment regelmäßig einnehmen. Da sind auch die verhältnismäßig häufigen Besuche bei der kosovoserbischen Familie Jovanovic, die sie seit den Zeiten der Flüchtlingspension ein wenig unter die Fittiche genommen und ihr in der höchsten Not einen Anwalt verschafft hat. Ihre Tochter, acht Jahre jünger als Jelena, besucht die Handelsakademie. Bald wird Violeta fertig sein damit, sie hat dann vor, Betriebswirtschaft zu studieren. Schon seit ihrem fünfzehnten Lebensjahr steht sie Jelena unentgeltlich zur Verfügung, wenn die eine Dolmetscherin braucht. Sie sitzt mit ihr geduldig in Arztpraxen, bei Behörden, vor Formularen. Niemand kennt ihre Geschichte so genau wie Violeta.

Jelena würde gern eine Altenpflegefachausbildung absolvieren, aber das geht nur berufsbegleitend, hat Violeta sich für sie erkundigt, und arbeiten darf sie nicht oder nur unter so extrem erschwerten Bedingungen, daß es auf dasselbe hinausläuft. Wenigstens geht es mit ihrem Deutsch eindeutig aufwärts, seit sie eine Einheimische kennengelernt hat, die sich von Jelenas spröder Fassade nicht abschrecken hat lassen.

Zwei junge Frauen stiegen aus dem Bus, Anita hatte einen Schirm, Jelena keinen. So einfach kann das gehen. Aber auch nur, weil Anita ihn auf dem Nebensitz vergessen hatte und Jelena ihr damit nachlief. Kaum hatte sie ihn ihr mit gesenktem Blick in die Hand gedrückt und sich wortlos umgedreht, um in eine andere Richtung davonzugehen, fing es zum Glück in Strömen zu regnen an, und jetzt war es Anita, die kehrtmachte und Jelena nachlief. Sie bot ihr einen Platz unter dem schützenden Dach des Schirmes an und schlug vor, sie ein Stück zu begleiten, weil sie momentan ohnehin nichts Dringendes vorhatte. Jelena stutzte einen Augenblick, wollte soeben ablehnen, da hatte sich die spontane Anita schon eines Besseren besonnen und lud sie auf einen Stehkaffee im Bäckerladen ein, vor dem sie sich gerade befanden. Daß sie mitging, wundert Jelena noch heute.

Fast jeden Donnerstag verbringen die beiden seither ein paar Stunden zusammen. In dieser Zeit ist Jelena gezwungen, deutsch zu reden, und gegenüber Anita, die Kunst studiert, aber vor allem eine unkomplizierte Frau ist, hat sie fast keine Hemmungen mehr, Fehler zu machen. Das hilft enorm. Ihr ist sogar schon ein paarmal ein Lächeln ausgekommen.

Die jüngste psychotherapeutische Stellungnahme hält wörtlich in mangelhaftem Deutsch fest, Jelena würde oft tagelang im Bett liegen und auf die Decke starren. Erst Anita machte ihr klar, daß damit nicht der Gegenstand gemeint ist, mit dem sie sich zudeckt, sondern der Plafond.

Irgendwie schützen Decken immer vor etwas, machte sie gleich weiter, die im Bett vor der Kälte zum Beispiel und die Zimmerdecke davor, daß es hereinregnet. Das gilt übrigens auch für den Deckel auf dem Kochtopf oder den vom Gurkenglas. Dann gibt es noch eine ganze Reihe von anderen Wörtern, die damit zusammenhängen: Entdecken, verdecken, abdecken und so fort. Anita verwendet gern Hände und Füße, um ihre Erklärungen zu illustrieren, albert herum dabei, das zieht Jelena manchmal tatsächlich die Mundwinkel auseinander. Beim Wort verdecken zum Beispiel hielt sie ihr kurzerhand die Augen zu, und bei entdecken preßte sie die Spitzen von Daumen und Zeigefinger aneinander, spreizte die anderen Finger, bückte sich und zog so langsam ein imaginäres Tuch hoch.

Was so ein einziges Wort alles gleichzeitig heißen kann: Es kann einem die Milch ausgehen, dann hat man keine mehr. Es können einem auch die Haare ausgehen, das heißt aber noch nicht automatisch, daß man sich gleich auf eine Vollglatze einstellen muß. Wer sich zum Ausgehen schön anzieht, plant meist einen Besuch im Theater oder im Restaurant. Eine Prüfung kann schlecht ausgehen, dann fällt man durch, oder es geht sich vielleicht doch gerade noch aus, dann besteht man knapp. Und wer von vornherein davon ausgeht, daß man sich das Lernen dafür sparen kann, riskiert einiges. Denn mit einem positiven Ausgang darf man in diesem Fall nicht selbstverständlich rechnen.

Den Ausgang im Geschäft kannte Jelena schon auf deutsch, aber daß Gefangene Ausgang bekommen können, war ihr neu, und es klingt für ihr Gefühl auch ziemlich komisch. Daß sie auf den Ausgang ihres Verfahrens so lange warten muß, ist schlimm.

Anita bemüht sich unaufdringlich, Jelena dabei zu helfen, gegen ihre Antriebslosigkeit anzukämpfen, fremd gewordene Gefühle wie das der Neugierde wieder zuzulassen, länger bei der Sache zu bleiben, konsequent zu sein. Als sie ihr die metaphorische Bedeutung von Biß haben beibringt, fletscht sie die Zähne wie ein Wolf.

Was ENTDECKEN wir heute? fragt sie mit übertriebener Betonung und wiederholt gleich auch die schon bekannte Geste mit Daumen und Zeigefinger. Jelena erinnert sich gut an dieses Wort und was es bedeutet.

Ihr Therapeut hat sie behutsam darauf aufmerksam gemacht, daß Altenpflege als Berufswunsch vielleicht keine so gute Idee ist, wenn man unter massiven Depressionen leidet, aber Jelena möchte unbedingt mit Menschen arbeiten, die Beistand benötigen, nicht mit zu jungen allerdings. Kleine Kinder würden sie nämlich zu sehr an ihre toten Geschwister erinnern, argumentiert sie, und mit pubertierenden Jugendlichen hätte sie mangels Selbstvertrauen und Kraft sicherlich nichts als Schwierigkeiten.

Es ist ein kleiner, aber bemerkenswerter Fortschritt, daß sie überhaupt vorsichtig Zukunftspläne schmiedet, konstatiert ihr Therapeut, wo ihre Zukunft doch nach wie vor völlig in den Sternen steht. Gerade in dieser Phase wäre es besonders wichtig, auf solchen Anzeichen aufbauen zu können, doch dazu müßte sie schnellstens heraus aus der elenden Warteschleife, dem deprimierenden Auf-der-Stelle-Treten. Aber das will der Staat, der mit Steuerzahlergeld seit Jahren die teure Therapie begleicht, partout nicht einsehen, weil er offenbar fürchtet, damit den Steuerzahler zu verärgern, der weder vom einen weiß noch das andere erfahren würde.

Beim Diskonter wartet Jelena gerade in der Schlange, aus Gründen der Wettbewerbsfähigkeit ist für die vielen Kunden am späten Vormittag nur eine einzige Kassa geöffnet. Ein paar Billiglebensmittel verlieren sich in ihrem viel zu großen Einkaufswagen. Sie hat es nicht eilig. Sie kommt täglich her, auf Vorrat kauft sie nicht, so hat sie wenigstens etwas zu tun. Zeit steht ihr in geradezu bedrückendem Übermaß zur Verfügung, heute zum Beispiel findet sich ab Mittag nichts Strukturierendes mehr auf dem Programm.

Wenn es ihr sehr schlecht geht, verkriecht sie sich dann den ganzen Tag in ihren vier Wänden. Aber heute geht es ihr weniger schlecht, keine Stimmen im Kopf, kein Weinkrampf. Sie wird also ein wenig dösen, weil sie wieder kaum schlafen konnte in der Nacht. Sie wird den alten Fernseher einschalten, den Anita ihr vor kurzem besorgt hat. Sie wird, zwecks Übung, das tägliche Gratisblatt zu studieren versuchen und ein paar Seiten in einem serbischen Buch lesen, das ihr Violeta kürzlich geschenkt hat. Es handelt davon, wie man gezielt an seinem Selbstvertrauen, seinem Selbstwertgefühl arbeiten kann. Sie wird sich wahrscheinlich sogar zu einem kurzen Spaziergang zwingen, wenn es nicht zu regnen anfängt. Und sie wird lange beim Fenster hinausschauen, nirgendwohin.

Jelena spürt: Das Leben geht vorbei an ihr, das Leben geht vorbei. Wie bei einer Gefangenen, denkt sie sich, die nicht und nicht erfährt, was sie verbrochen haben soll.

Am Ausgang des Supermarktes steht einer und bietet stumm die Obdachlosenzeitung an. Beinahe jeden Tag. So viel steht fest.

Zugabe

Polizistenkollegen im Zeugenstand können vollinhaltlich bestätigen, was der durch Demonstrantengewalt körperlich beeinträchtigte Beamte ausgesagt hat. Gewürgt hätte einer der Angeklagten ihn, und durch einen gezielten Tritt gegen das linke Knie sei er erheblich verletzt worden. Prellungen und Hautabschürfungen habe er davongetragen und drei Wochen Krankenstand auf sich nehmen müssen.

Die Angeklagten bestreiten diese Darstellung vehement. Lediglich an Schulter und Hüfte weggezogen will der eine den Ordnungshüter haben, um seinen Bruder solchermaßen vor unverhältnismäßiger Staatsgewalt zu schützen. Niemals hätten sie jemanden getreten, geschweige denn gewürgt. Vielmehr sei der andere Bruder selbst von zwei oder drei Polizisten zu Boden gerissen und fixiert worden, und das, obwohl man unermüdlich die Friedlichkeit der Demonstration betont habe.

Nicht uniformierte Augenzeugen des Vorfalls sehen das genauso. Doch die Richterin sieht überhaupt keine Veranlassung, die Aussagen der Polizisten in Zweifel zu ziehen. Sie geht von einer Vorsatztat aus. Die Strafen fallen dementsprechend drakonisch aus: Der eine Angeklagte faßt ein halbes Jahr bedingte Haft aus, der andere neun Monate, allerdings teilbedingt. Eines davon muß der bislang völlig Unbescholtene, der sich mit seiner Familie auch praktisch seit langem in der Flüchtlingsarbeit engagiert, als Zugabe tatsächlich absitzen. Ein paar tausend Euro Schmerzensgeld und Verdienstentgang für das Opfer, den Polizisten, werden extra verrechnet.

Die Verteidigung beruft natürlich und verweist auf das jüngst erst erfolgte milde Urteil gegen einen Polizeibeamten, der, ohne daß ein Fall von Notwehr vorlag, einen jugendlichen Supermarkteinbrecher auf der Flucht erschossen und die Umstände dieser Tat lange Zeit nicht korrekt dargestellt hatte. Diesem Angeklagten blieb eine unbedingte Gefängnisstrafe erspart, obwohl er erwiesenermaßen einen Menschen auf dem Gewissen hat. Von Verhältnismäßigkeit könne da keine Rede sein.

Die Familie der verurteilten Brüder erhält kurz darauf zu nächtlicher Stunde überraschenden Besuch von zwölf teils uniformierten Beamtinnen und Beamten, die, um nicht aufzufallen, ihre Fahrzeuge zwei Straßen weiter geparkt haben. Von der Hausklingel wird kein Gebrauch gemacht. Grundstück und Gebäude betreten die Einsatzkräfte ohne Erlaubnis der Bewohner durch geschlossene, doch nicht versperrte Eingänge, um, wie sie erklären, die Anwesenheit eines Asylwerbers zu überprüfen, der dort Aufnahme gefunden hat. Der Mann ist zum Zeitpunkt des Geschehens nicht da, die Anmeldung ordnungsgemäß erfolgt. Eine nähere Begründung für die Aktion bleibt aus. Man zieht schließlich wieder ab.

Seltenheitswert spricht eine große Tageszeitung jenem höchst bemerkenswerten Umstand zu, der sich am gleichen Tag wie diese ungewöhnlich verlaufene Personenkontrolle zuträgt: Sogar die Staatsanwaltschaft, also die Anklagebehörde selbst, sieht sich nach Prozeßende genötigt, Rechtsmittel zu ergreifen, und zwar zugunsten der verurteilten Angeklagten. Die strengen Strafen gegen das Brüderpaar seien mit der gängigen Spruchpraxis des Oberlandesgerichtes nicht in Einklang zu bringen, erläutert ein Sprecher der Staatsanwaltschaft dieses Vorgehen, man wolle dem Eindruck entgegentreten, am politischen Gängelband zu hängen.

Vermutungen, es bestehe ein Zusammenhang zwischen dem Geschehen rund um den aufsehenerregenden Prozeß und dem, was die nächtens Besuchten als Razzia bezeichnen, seien an den Haaren herbeigezogen und völlig unbegründet. Es handle sich vielmehr um einen reinen Zufall, verlautet aus Behördenkreisen.

Anhang

Abkürzungsverzeichnis

ASt.	**A**ntrag**st**eller(in)
AW	**A**syl**w**erber(in)
BF	**B**eschwerde**f**ührer(in)
EMRK	**E**uropäische **M**enschen**r**echts**k**onvention
FTBL	**F**ilm**tabl**ette
FTE	**F**or**te** [hohe Dosis]
GFK	**G**enfer **F**lüchtlings**k**onvention
KFOR	**K**osovo **F**orce (Kosovo-Truppe)
KGB	**К**омитет **г**осударственной **б**езопасности (Komitee für Staatssicherheit [beim Minister- rat der UdSSR])
KPS	**K**osovo **P**olice **S**ervice
MG	**M**illigramm
NATO	**N**orth **A**tlantic **T**reaty **O**rganization (Organisation des Nordatlantikvertrages)
NGO	**N**on-**G**overnmental **O**rganization (Nichtregierungsorganisation)
OW	**O**rgan**w**alter(in)
PTBS	**P**ost**t**raumatische **B**elastungs**s**törung
RAF	**R**oyal **A**ir **F**orce
TBL	**T**ab**l**ette
UBAS	**U**nabhängiger **B**undes**a**syl**s**enat
UÇK	**U**shtria **Ç**lirimtare e **K**osovës ([albanische] Befreiungsarmee des Kosovo)
UNHCR	**U**nited **N**ations **H**igh **C**ommissioner for **R**efugees [Hoher Flüchtlingskommissar der Vereinten Nationen]
UNMIK	**U**nited **N**ations Interim Administration **M**ission **i**n **K**osovo (Mission der Vereinten Nationen zur Übergangsverwaltung des Kosovo)
VwGH	**V**er**w**altungs**g**erichts**h**of

Anmerkungen des Autors

Die Namen der Charaktere dieses Romans sind wie Teile der Handlung frei erfunden. Meiner Arbeitsweise gemäß finden sich in diesem Buch allerdings zahlreiche Bezüge zur Realität. So sind die kursiv gedruckten Passagen im Prinzip wörtliche Zitate aus existierenden Dokumenten, die, nicht zuletzt zum Schutz der Betroffenen, gewisse Modifikationen erfahren haben. Diese bestehen in der Hauptsache aber lediglich aus veränderten oder überhaupt weggelassenen Daten, zum Beispiel bei Ortsbezeichnungen und Namen, Zeitpunkten von Ereignissen, bei der Anzahl involvierter Personen, ihrem Geschlecht und so weiter. Auch habe ich die zitierten Schriften an äußerst seltenen Stellen ohne jede Zuspitzung behutsam der Romanhandlung anpassen müssen, wovon jedoch nirgendwo das Verhältnis zwischen dem Geschehenen, den relevanten persönlichen Hintergründen und der jeweiligen Bewertung durch Organe der Justiz berührt war. Die fehlerhafte Orthographie und Syntax sowie andere sprachliche Merkwürdigkeiten in den kursiven Textteilen finden sich eins zu eins in den Originaldokumenten.

Eine auf exakten Recherchen beruhende Erzählprosa wie diese ist ohne Menschen, die einem wertvolle Hilfe leisten, überhaupt nicht denkbar. Ihnen verdanke ich unter anderem schwer zugängliches Datenmaterial, zahlreiche Auskünfte, eine Reihe von Anregungen, weitere nützliche Kontakte sowie die Durchsicht des fertigen Buchmanuskripts auf inkorrekte Fachbegriffe. Sie kommen unter anderem aus verschiedenen Bereichen des Justizwesens, aus anderen Teilen der öffentlichen Verwaltung sowie aus Organisationen, die sich mit der Einhaltung von Menschenrechten und/oder mit Flüchtlingsbetreuung beschäftigen. Jenen Menschen in Not mit Staatsbürgerschaften aus Ländern jenseits von EU-Europa, die es hierher verschlug und die bei schwebendem Verfahren mit schlechter Prognose die Kraft und den Mut fanden, mir für ausführliche Gespräche zur Verfügung zu stehen, gebührt neben einem speziellen Dank auch meine Hochachtung. Das gilt zuvorderst und in erster Linie für jene Frau, deren bisheriges Leben dem der Jelena Savicevic ähnlicher verlief als mir lieb ist.

Aus verständlichen, aber höchst unterschiedlichen Gründen wollen oder müssen die meisten meiner Auskunftspersonen anonym bleiben, weshalb ich überhaupt auf jede Namensnennung verzichte.

Das Kapitel „Weibliches Organ" beschäftigt sich unter anderem ausführlich mit der Zumutung, daß Jelena Savicevic in der Niederschrift ihrer Einvernahme beharrlich als Asylwerber bezeichnet wird, als ob ein Mann befragt worden wäre. Wenn ich selbst an etlichen Stellen darauf verzichte, Männer und Frauen in der Mehrzahl getrennt auszuweisen, dann hat das ausschließlich mit einer für meine Prosa unverträglichen Umständlichkeit zu tun, die ich mir zu ersparen trachte.

Gewöhnlich verzichte ich bei meinen Romanen auf Inhaltsverzeichnisse, sie scheinen mir überflüssig. In diesem Fall aber verdichten sich für mich die dem jeweiligen Kapitel entnommenen Überschriften untereinander zu einem nahezu poetischen Gebilde, das, für sich genommen, vielleicht dazu anregt, vor dem Zuklappen des Buches noch einmal Assoziationsbrücken zu schlagen, fortzuspinnen. Deshalb, und weil sich darauf vielleicht das Bedürfnis einstellen mag, in dem einen oder anderen Kapitel noch einmal nachzulesen, stehen sie hier.

Inhalt